潛水時不要講話

栗光 著

「Essay 時代」前言

陳芳明

戰後以降的三十年，從一九五〇到一九八〇，文學潮流歷經自由主義、現代主義、鄉土寫實主義。縱然不同的歷史階段，有各自不同的文字表演，但是家國主題不時在作品中起伏出沒。進入後三十年，亦即一九八〇至二〇一〇，有關國家民族的緊繃情緒逐漸淡化；代之而起的是性別、族群、環保的議題，分類中縱有不同，每位作家都站在與社會公開對話的位置。

政治權力退潮時，作家的發言更形開闊，作家關心的面向更趨多元，新時代散文也應運而生。所謂新時代散文，在於強調作者的筆不再只是停留於抒情傳統，而是進一步觀察當代社會龐雜而多元的文化轉型。創作者在追求藝術之際，無需再藉助濃縮的文字，大可放膽卸下語言符號的枷鎖。現代主義時期盛行的文字鍊金術，慢慢後退成為歷史背景。心靈的解放，也帶來文體的奔放。伴隨著民主改革的逐步提升，許多社會議題也慢慢升格成為文學主題。文學作品不再只是一種特殊技藝，而是朝向公民社會發出聲音。前所未見的原住民、同志、女性、環保、移工、全球議題的散文，開始與前輩的精緻藝術並排羅列。到達世紀末時，許多作品已經具有世紀初的特質。

面對新時代作家散發異彩的未來，不能不令人充滿期待與喜悅。在戒嚴時代，可能需要目光如炬，可能負有任務需要訴諸大敘述、大場面、大格局。在解嚴後，作家應該擁有從容情懷去關心日常裡的細節、細膩、細微。尤其整個社會開放之後，曾經被家國議題所掩蓋的議題，如核能發電、環境汙染、都市更新、性別歧視，都開始嚴厲質問下一個世代。這些擱置已久的巨大問號，無疑是在挑戰我們這時代的文學心靈。

值此之際，麥田規畫推出的「Essay時代」系列，別具時代意義。此系列的選書，不限世代，不限領域，舉凡能體現當代社會價值的散文觀，以及反映多元議題的書寫，都是我們關注的對象。我們期許一個創新的文學聲音，在新的世紀展現應有的文化能量。

陳芳明，國立政治大學講座教授

新版自序

祝你潛安

二〇一三年，我收到小天下出版社的邀請，寫了一本李安傳。它不是個人的文學創作，卻是我的第一本書，內心有著特殊情感。而承蒙許多人關照，出版後它幸運入選了一些國外書展，看著編輯傳來的消息，我既感動又羨慕，原來一本書會比作者去更多地方。

二〇二〇年，由於麥田出版社的信任與傾力相助，真正屬於自己的創作的《潛水時不要講話》出版了。它像一艘螃蟹船，不但航向他方，還給予我容身的空間，將我載往不同小島。起初是一些校園、書店或在地空間的分享，漸漸地開始收到讀者回音，甚至有幸參與生態調查團隊。互動往來間，我習得更多理解海洋的角度，也得以寫出第二本散文集《再潛一支氣瓶就好》。

知道《潛水時不要講話》有機會推出新版，腦海首先浮現的，是某次搜尋書名的hashtag，發現有一位陌生朋友提到，他之所以拿起這本書，是因為一位潛水教練的推薦，對方覺得自己透過這本書，更理解那些一到了海中，神情就變得或呆滯或無措或肅穆的學員一點。那篇文章於貼文者而言，大約僅是一件小事，一則日常紀錄，可是我每一次想起它，胸口便暗湧騷動。原來，一本書真的會比作者去更多地方。

出版何其神奇，它在我看不見的時候不斷地生長，然後悄然一日，綻放滿樹的花，有些花就這樣往下生成果，我感覺自己所有的眼淚都被人理解與看見。必須誠實地說，我獲得太多本不會輕易被交託的信賴，有些故事在夜裡找到我，低語從訊息滑出來，有些邀請屬於白日，語句在桌椅間微微震動。無論去處是某個人的片段人生，或一群人共享的時空，前往時我總是懷著無比的慎重。

今年是二〇二五年，距離第一堂開放水域潛水員課程，轉眼已過十五年，我不曾揣想自己會潛多久、寫海多久，亦不曾料想到會在這幾年間損傷耳膜、韌帶與蹠骨，但我始終念想且必須回到有潮汐的日子，並感到快樂。於是，恍然憶起那年在墾丁潛店的分享會後，一陣沉默的QA時間，一位業界知名教練善意地舉起手，誠懇地問，像你這樣水性差的人，為什麼還要潛水？

為什麼還要潛水？我咀嚼那道題目，好幾秒，發現自己不知道。不知道在專業人士眼中，自己算是水性差、有許多狀況需要克服的那類。不知道那些歷程，其實不是海人共有的成長經驗。但還好，還好我不知道，還好我在知道之前，就已經沉迷了。當我沉迷，我便無所畏懼。

如今的潛技稱不上高明，但距離這本書的寫作時期稍有進步，揚沙揚得少了，五米三分鐘不再飛高高，能獨自發現的海洋生物與現象持續增加中。想到要讓這本書改新版推出而不絕版，讓那些羞答答的過往繼續展現於他人眼前，我感覺自己是一顆硨磲貝，正因為此刻你的目光，雙殼緊緊一夾。

但這本書屬於它自己，是一艘螃蟹船，還想載一些人多認識海洋一點點，特別是那些下水後，或無力或懊喪或被認為水性不夠好的。只要真心喜歡，感到愉快，記得你與海洋生物兩方的安全，那麼，祝你潛安。

目次

輯二 交出眼睛的動物

推薦序

深海裡的深情

——序栗光《潛水時不要講話》

陳芳明

認識栗光的時候，她已經非常熟悉潛水的運動。害羞、內向、不善言辭的她，是她給我最初的印象。我以為她只是擔任《聯合報》的編輯工作，也以為她只是按時上下班的女孩。認識她將近兩三年之後，她才告訴我非常喜歡潛水的活動。海水或潛水，是我生命中最為陌生的區塊。我旅行過歐洲、亞洲、美洲，幾乎所有重要的城市都有過探索的足跡。對於水平面以下的世界，完全沒有任何興趣。除了去觀賞水族館或者到海邊散步，我頗了解自己完全是一隻乾旱的動物。有一次去《聯合報》參加台灣文學大獎的評審，她才告訴我自己在下班之後的休閒活動，那確實讓我感到非常訝異。那時，我特別叮嚀她，應該把自己在深海裡的潛水活動記錄下來。她立刻回答已經開始寫了一些，這是我感到特別喜悅的一件事情。我與她約定，如果潛水活動的記錄累積一定字數時，我樂於推薦她出版一冊散文集。

文學或美學，永遠是屬於發現之旅。生命的探索有多深，生活的涉獵有多廣，所到之處都可以轉化為美學的一部分。凡生命所到之處，文學與美學也自然伴隨而行。她第一次參加師範大學的散文比賽，她的作品立刻受到評審的注意。仍然記得余光中、陳義芝在評審過程中也支持我的推薦。在頒獎典禮上，看到她上台領獎的羞澀表情，更加讓我覺得她不可能是潛水的高手。現在她完成這部散文集，閱讀之際讓我產生一種錯覺，好像是她引導我去認識陌生的水域。這部散文的開篇第一章，便是描述她最初的潛水經驗。她分享自己第一次在夜間縱身投入深海的經驗，那種感覺也只有嘗試過經驗的人才能表達出來。如果她對夜間海水感到陌生，對於我們這些讀者自然更加覺得疏離。

海水很冷，而栗光的文字卻帶來無比溫暖。她擁有一個博大的心，似乎可以容納整個寬闊的海洋。在海底世界所看到的任何生物，都是屬於她生命的一部分。在她內心深處，充滿了無邊同情。這種同情不是一種憐憫（sympathy），而是一種共感（compassion）。憐憫似乎有一種上對下的落差，而共感則是萬物平等。一種無差別的感情融入，身為讀者也在不經意之間被她帶入同樣的情境。她看到我們陸地上所看不到的世界，在海水中泅泳時，遇到太多叫不出名字的生物。海洋比陸地還深邃，海底生物也比陸地動物還要繁複。在陸地上也許可以乘坐飛機到達世界的盡頭，在深海裡卻只能侷限在一定的領域。戴著面鏡的她，只能看到自己游泳所到之處，卻無法辨識自己身在何處。在海底世界深處，受到潛望鏡的侷限，使她目光如豆。但是她的內心深處，卻是目光如炬。〈一件很小很小的事〉那篇段落裡，第一次提到潛水後上岸卻開始嘔吐。那是因為暈船的緣故，她覺得不應該提這樣的事情，卻是她航行過程中不可分割的一部分。她開始哭泣，終於克服了脆弱的情緒。航行很難，潛水更難，但是她的意志終於克服了這一切。

在她的文字之間遊走時，讀者幾乎可以感受她內在的細微情緒。把這樣的感覺化為文字，恐怕也是另外一層艱難。凡是認識她的人，應該都知道她非常內向，也非常害羞。閱讀她的文字之際，反而發現另外一種人格隱藏在她靈魂底層。那是一種強悍的意志，不免讓人刮目相看。在強悍的背面，卻有暗藏一個柔弱的心。其中一篇短文〈心上的貝殼項鍊〉，道盡了她的共感與同情。這是她在宿霧潛水所獲得的項鍊，手工非常精緻。她到後來才驟然覺悟，一個貝殼就是一個生命。那是以魚線串起來的裝飾，她卻因此領悟到，無論是魚或貝殼的喪失，卻是一滴乾淨水資源的匱乏。那是最基本的生態觀念，卻是眾人所忽視的一種修養。她的文字裡處處充滿了各種連帶感，一個貝殼，一隻魚，一個海底生物，都牽扯著彼此命運的細緻關係。

身為她的讀者，我反而變得非常駑鈍。凡是有關海洋的任何知識，我的整個思考就變得非常幼稚。人類可以對自己的歷史瞭若指掌，卻對周遭生物完全處於無知狀態。她到達紐西蘭時，看到整個海灘棲居著海獅，那種壯觀的場面似乎使她感到震懾。她們家族到達那裡，看到那麼龐大的族群躺在海灘，以為有那麼多的生物已經死去。她說牠們在睡覺，正在等待母海獅從海上覓食回來。作為地球生物的人類，似乎對共同存在的其他生物非常隔閡。充滿共感的這位散文作者，處處都以同理心看待所有生命的存在。

散文集裡面的〈紅月之海〉，似乎是她得獎的作品。她以三支氣瓶作為整篇文字的段落，她刻意用第三人稱來描述自己，顯然是要抽離自己的主觀角度。在海底，她與同伴尋找巨大的蚌，尋找牠是為了敲開牠。她不忍凝視殼內的蚌肉，甚覺殘酷。她在海底大量呼吸空氣，很快用盡氣瓶的容量，以這樣的方式迫使整個隊伍必須上岸。她喜歡潛水，但不喜歡傷害生物，參加團隊就必須容忍。這篇文字最能代表她博大的同情，不忍看到同伴的殺生，也不忍看到自然生態受到破壞。參加團隊總是有無言以對的時刻，卻也是她的生命最難克服的時刻。

她散文中描述太多無法描述的生物，尤其她提到陽隧足、海星、海參、海綿、海鞘，較大的如海龜、鯊魚，對一般讀者而言，那只是一個名詞。但是對她而言，卻是珍貴生命的存在。她抱持巨大的好奇，潛入人類所未能探索之處，去觀察各種生物的存在。龐大族群如沙丁魚，那是人類的共同食物，卻是她鄭重看待的生命。這本散文集原來命名為「藤壺之志」，這個名稱立刻就考倒我。凡是我不懂的事物，便會立刻去查字典，後來我才發現牠的英文是barnacles，原來就是吸附在海岸岩石上的貝殼。這種生物聚集在海岩上，只要到海邊就能看見，如今閱讀這部散文時，立刻有受教的感覺。無論生物多大多小，都是一個稀罕生命的存在。每次走過海邊看到吸附在岩石上的藤壺，都只是冷漠投以一眼。閱讀這部散文之後，我再也不敢輕易小覷。

這部散文讓我重新看待海洋，也重新看待所有的生物，更重新看待這個世界。作為散文寫手，栗光出版她第一冊散文集，就給了我非常鄭重的生物教育。我只能以充滿感謝的心情讀她的散文，也以感謝的心情寫下這篇序。

二〇二〇年三月三十一日 政大台文所

推薦序

潛入水裡，沉棲心底——關於栗光的《潛水時不要講話》

吳明益

「我在那時候迷上潛水，迷上海面下每次的呼吸都那麼慎重有分量，迷上在無法言語的世界裡，以敲擊金屬作為最基本的溝通。」——《潛水時不要講話》

多年前我在一門課上給了一個「企畫書」的作業，那屆好幾位同學根據當時流行的「壯遊」徵求，寫了相關的企畫書，甚至真的獲選壯遊去了。由於全無設限，唯一要求企畫必須是寫作者能做到的事，有些同學寫了像是「掌上玻璃球」那樣袖珍卻精緻的企畫，也讓人覺得很有意味。栗光交來的，便是如何讓一隻赤腹松鼠重回公園的企畫——那隻松鼠因為颱風的關係流落到她的手上。

那時我的直覺是：這是一個處於心思敏感期的女孩，讓一隻都會動物重回都會野地，是一個可小可大的事情，不過目前她的目標應該只是「讓松鼠回家」這樣的感情得到抒發。很快地，栗光便用行動改變了我對她的初步看法。她開始潛水，並且愈潛愈深，直到有一天我在報紙上讀到她關於潛水的文章。

二十年前我研究台灣自然書寫時，曾刻意採用「狹義、文學範疇散文文類」的「自然書寫」的界義來論述。用「界義」不用「定義」，是因為當時我警覺到文學研究目的不在框限文學表現，只是暫時用一個說法，以方便觀察與詮釋，並不真的要求作者依照定義來創作。

我細讀了西方學者對「現代自然書寫」（modern nature writing）的思考，發現這類型的寫作是科學革命、工業革命、生態相關學科普遍發展後演化出來的，它有幾個特色，包括：（一）、以「自然」與人的互動為描寫的主軸。（二）、注視、觀察、記錄、探究等「非虛構」（nonfiction）的經驗，成為必要歷程。（三）、自然知識符碼的運用與客觀上的知性理解成為行文的肌理。（四）、從形式上看，常是一種個人敘述（personal narrative）為主的書寫。（五）、已逐漸發展成以文學揉合相關學科的獨特文類。（六）、書寫者常對自然有相當程度的「尊重」與「理解」。

因為談的是非虛構的散文，加上一部學術論文處理的問題有限，當時刻意不談了一些議題，包括原住民文學，詩與小說裡的自然意象與環境意識。當然，後來我早已自我補充與修正，不強調非虛構式的「自然書寫」，而以派翠克・墨菲（Patrick Murphy）自然導向文學（Nature-Oriented Literature）的概念來看這些作品。但這篇文章是為了介紹栗光的作品，因此我並不打算自顧自地沉浸在論述裡。簡單地說，這些作品（不分文類）約略可以從三個部分觀察：一、作者與環境互動的體驗。二、不得不、且必然援引的知識性資料。三、環境議題背後更廣泛的人文範疇——包括所有人類活動，從神話到現代環境法律。

我還想提醒讀者我所謂的「知識」，不僅是包括科學革命以來突飛猛進的生態知識、自然知識；還包括部落傳統知識中的傳統生態知識（traditional ecology knowledge, TEK），以及人與人之間彼此口耳相傳的那些「經驗談」——像是資深登山者告知的訊息，或是前輩潛水者提醒的洋流對應。

因為它們都符合一般我們對知識的定義：在某些經驗範圍內可驗證、可依循，並且可傳遞給另一人理解，提供另一些人行為建議，或成為行為準則。我一直認為，各種類型的知識既是人類面對未來全球環境變遷議題下的重要養分，它還是現今寫作文學的重要想像來源。

請原諒我說了這麼多，並不單只是為了把《潛水時不要說話》放進自然導向文學的脈絡裡，故作學究之語。而是這個脈絡有助於我們了解這本書對於一個年輕作家，對於出版的意義何在。

台灣是一個海島，但海洋書寫的生產卻有限。在文學圈的討論往往著眼在夏曼．藍波安、廖鴻基，以及汪啟疆等人的海洋詩。不過我始終認為，一些有科學或踏查體驗，富含個人情感經驗的作品被忽略了，那包括寫作《台灣鯨豚現場》的蔡偉立、《一個潮池的祕密》的陳楊文、《黑潮洶湧》的張卉君……請容我不可避免再提及一個遺憾——寫作過好幾篇精彩海洋散文，已然殞落的作者廖律清。

《潛水時不要說話》是栗光的第一本作品，從她初次潛水，終至考得證照逐步「深潛」，為了潛水她從綠島、蘭嶼到澳洲、菲律賓、馬爾地夫、印尼……也從一個純粹的潛水者，成為一個水下攝影的愛好者。

栗光的文字清爽，沒有強說愁的陳腐氣，自然地展示出一個特定生態領域的初步接觸者的猶疑與好奇、驚奇與恐慌、投入與挫折，當然，還有些許的思辨與思考。這就是我提及的所有書寫自然的作者必然觸及的第一層內容——自身在環境裡的體驗與情感變化，而一旦進入思辨的層次，自然知識也就成為不可避免要投入的浩緲領域。

在這本初航的作品中，栗光以一種青春的眼光，用文字回頭描述自己投入潛水的歷程，那些歷程因而帶著點甜美，或淚中帶笑，好處是真誠，但多了難免有些「櫥窗化」。不過一旦把這些短小的篇章連綴起來（這點編輯幫了大忙）——無論是翻查圖鑑為了找到漣紋櫛齒刺尾鯛的名字，到迷戀尋找每一種生物的名字（這些像咒語一樣困擾著初步接觸自然者的名字，正是把他們拉向情感投入深淵的迷幻力量），或是思考海豚在人工圈養環境下的心理矛盾（讓她和讀者都有氣瓶將盡的感覺），乃至於與其他民族潛水者的交誼——就會慢慢對她認識海洋、友誼、異國文化的心意產生共振。

這些作品擺脫了「愁緒、道理、親情」的抒情調性，卻未離開這些議題，反而延伸出一個愛好接觸自然的人，重新回頭詮釋這些人生課題的視野。

有些篇章她放開了寫，比方說生死交關的〈紅月之海〉以第三人稱寫成，展現了別的篇章未有的氣息以及文學意味。像所有的文學一樣，光是**正向的明亮感**沒辦法產生力量，只會看到浮游生物所創造出來的稍縱即逝的光亮，沒辦法把我們帶進深海。特別是猶疑、恐慌、挫折在「潛水」這種非人類天生擅長的活動裡，扮演了更重要的情緒角色。人對大海的愛同時帶有恐懼，依戀同時帶有疏離（只有很少的人待在海上的時間比陸地時間要長），因此，那樣的愛天生就具有一種魅力，具有詩意。

當她直率地說：「我並不真的喜歡潛水，我只是喜歡海洋生物。我不想和解……」時，我不禁感同身受。人類的生理構造不適合空氣稀薄的高山，也不適合愈深水壓愈高的大海，人的生理機制會讓你在這類環境裡痛苦、求救、呼喊，但人類壓抑住這樣的激動與痛，朝山和海而去。這是一種「有意識」的行動，包裹的是「無意識」的迷戀。那迷戀如此多元，以至於我們無法充分辨識，人得透過鍛鍊才能在那樣的環境裡取回「什麼」回到生活的世界。那是多麼**不自然的自然活動**。

多數文章稍短也因為發表時刊登於篇幅已大幅萎縮的副刊，短並不是寫作的問題，只是短勢必較無法容納知識性材料，無法容納更深遠一些的環境倫理的討論——這是無奈的現實，因為很多事（特別是自然體驗）就是無法「言簡意賅」，得「言繁意繁」。是以愛默生以外，自然導向文學很少停留在精緻小品文，或箴言式文章的緣故。好的當代自然導向文學，文字短不了，也省不了知識與當代環境倫理的探究。即使栗光作品裡的知識性內容已經不少，但這是一種相對論，面對無垠大海，我相信栗光寫完這本書後，一定會發現自己還有太多話要說，太多自己認識的新世界要展開。

這本書是她帶入深海的第一支氣瓶，一次具有魅力的潛泳，帶來她想給我們看的物事。我相信未來一支同樣的氣瓶，會讓她潛得更深、更長，進入水底，沉浸心裡物與靈的交界，那裡不是不能言語，而是毋須言語。那反而更會激動她想寫出來的慾望，會沛然如同海潮、洋流，我像一個一般讀者一樣期待著那麼一天。

吳明益，作家、國立東華大學華文系教授

推薦序

休閒潛水簡單也困難

布朗尼飛魚

休閒潛水是很簡單的。如果你是上班族，想要試著遁入海中，可以安排在海濱度假勝地的五天假期，選擇合格潛水中心學習，在上課、念書和實地演練，通過測驗後，即取得水肺潛水資格，從此之後休閒空間的密度從1.3×10^{-3} g/cm^{3}的空氣，延伸到1.03 g/cm^{3}的海水，壓力變大了。如果你已經是有經驗的潛水員，初來乍到陌生潛點，可以預約當地導潛人員，在火眼金睛的引導下，很可能目睹渾身長毛的躄魚、米粒大小的海蛞蝓、海草葉般的海龍，在安全離水之後，足以口沫橫飛的和同伴分享所見。

休閒潛水是很困難的。如果你已經愛上潛水，有自己的浮力背心、調節器、三用表、二級頭、潛水電腦錶、蜂鳴器、相機、防水盒、閃燈以及其他配件，就會想親力親為保養、維修、測試心愛的裝備，並確保安全和攝影品質。你在每次潛水假期之前查閱海象預報、潮汐、農民曆，並和目的地潛點的動物、水溫、海流流速與方向連結起來，記載於潛水日誌。你想認得珊瑚、海葵、海膽、海星、海蛞蝓、扁蟲、蝦、蟹、魚等，「必也正名乎！」就足以讓你心力交瘁，因為窮盡洪荒之力翻閱大本圖鑑可能也找不到，谷歌大神的說明不知道牢不牢靠，一旦比對資料終於確定「這就是我拍的那隻」，雖然內心狂喜，卻有拗口的「漣紋櫛齒刺尾鯛」、「翼形表孔珊瑚」、「突丘葉海蛞蝓」中文名字，更不要說念不出來的拉丁文學名，當你強記而且念順名字之後，自覺知識有所長進，感覺不虛此行真是開心，充滿電力回到工作崗位，兩個月後休假重拾裝備下水，耶！這是我看過的魚，而且我記得我曾經查過，但已經忘記查到的內容，名字也不用說，更不記得是從那本圖鑑找的。

不就是休閒活動啊，幹嘛那麼累？作為休閒事業管理系的授業者與潛水員，秉著教科書的說法即是：「休閒參與者用投身事業或志業般的專注，以取得休閒活動的技術、知識與經驗，獲得高度的喜悅和滿足，這類行為稱之認真休閒或深度休閒（serious leisure）」。

栗光是認真休閒參與者，她查圖鑑也問隱身在臉書社團的高手，她記住查過的魚、海蛞蝓和扁蟲的名字，但是會疑惑「華麗銜鰕虎」為什麼一點也不華麗。

她開啟水肺潛水於花蓮，展延到墾丁、綠島、菲律賓和印尼的諸多島嶼、大堡礁等，造訪過的地點連接起來就是海洋物種最多的珊瑚礁黃金三角地區，而且還錐突到馬爾地夫，如果把潛水足跡立體化，可以勾勒出宛如水肺潛點聖地的金字塔。她的潛水經歷和斜槓生活重疊交織，刷泳池、清洗海豚海獅海豹豢養池、在工廠打零工、學習語言、寫作和報社編輯等，多樣的生活體驗好比藤壺幼苗漂流海水時期所經歷的環境多變，豐富的故事有如錦魚體表的條紋與斑塊，一篇篇的文章道出潛水感受與當時生活的相互映照。

她在澳洲奶粉廠打工旅遊時，遇到勒令停工，復工時間遙遙無期，困頓有如潛水時被水母螫傷，疼癢紅脹沒有止期；褲帶勒緊時背包取出超市特價買的軟爛香蕉，還引來時刻為食物努力的紅嘴鷗的虎視眈眈；明明知道月食之際海象可能詭異，但還是去面對滾浪無情帶來的苦痛，生命中的莫名似有預告，卻也嘗試承擔；終於見到念茲在茲的海龜舞動鰭足翩然蒞臨，相機卻沒有電力；期待日常爆出美妙燦爛的煙火，好比希望在墾丁潛水堵上鯨鯊一樣渺茫；生活的節奏像是沒有止境的流動沙丁魚群，沒法凝結時空抽離出來看自己的座標，只能用力吸口氣遁入群中，回首盼顧就留待以後再說；周圍似乎都是沒有個性的豆娘魚群，其實貼近觀察其中一尾，鱗片、嘴角、斑紋、眼神都鮮活到足以交出自己的驕傲；曾經歷過綿綿無期的暈船苦痛，終於遇上藥房配得靈丹妙藥；下潛過程耳壓平衡做不來時，導潛的耐心陪伴讓困難總是會有出口；船潛途中看見海豚群躍海面，生活中總有彩蛋降臨；回到民宿太陽還高掛，民宿窗外就是藍海，碼頭和啤酒一如往常，的確是因為完成了什麼而保暖充實。

潛水時不要講話，認真玩潛水可以從每一支氣瓶體會到生命中的心靈課題。讀這本書要朗誦或笑出聲沒有關係，開閱之後自然會跟著溫暖的黑潮文字漂流，潛讀之後眼睛捕捉揪心的蝓句，耳朵聽鯊鯊的翻頁聲，進入忘我自然就靜悄悄，潛完之後，必然減壓。

能夠為栗光的潛水文集寫序是我的榮幸。

布朗尼飛魚，進階潛水員

遇　見　你

輯一　如果為了——

潛入星空之海

「回到原始時代，那些勇敢走進黑暗洞穴的史前人類都已成為熊的食物。那就是為什麼今天你對黑暗有任何猶豫都算是正常的原因；當你什麼都看不到時，這就是一種讓你變得小心的自然方式。」在心中不斷反覆念著這段文字，我試圖說服自己緊張是正常的，也是好的。

再過一個小時，當太陽沉睡在大洋裡，我就要下潛了，在陌生海域進行生平第一次的夜間潛水。緊張兩字已不足以形容此刻的心情，打從接觸潛水的第一天起，我就肯定自己絕不會踏上這條路；行走在漆黑之中都很嚇人了，何況是潛入漆黑的海裡。

然而，正如同所有小說中規則都是為了

被打破而存在，我為自己設下的限制，這天也得在異鄉打破。這是當初選擇在宿霧進行進階潛水員訓練的自己，怎樣也想不到的事。我考慮了匯差帶來的優惠報名費、考慮了聞名於世的海底風光，就是忘記考慮自己的英文程度，以致現在不知該如何向韓籍教練Ian表達對夜潛的不安，只好硬著頭皮上了。

幸好，我還沒傻得忘記帶上進階潛水員中文教材，在下水前一晚翻開課本的夜潛單元，仔細記下注意事項。裡頭第一段就振奮人心地說，對夜潛有所遲疑是正常的，享受這刺激感，勇敢下水吧。

搭上小艇，Ian領著我們到了水面休息站，在月色下整裝。一手壓緊面鏡，一手輕放在BCD的充氣閥上，我站在休息站的邊緣，抬起右腳，心一狠，跨步入水。打開手電筒，調整浮力，讓黑暗淹沒自己。

Ian與潛伴的光成為海中唯一的指引與依賴，藉著那樣的微光，我們探看從未涉足過的世界：縮窩在礁岩裡的海膽們出來活動了，一隻面相兇狠的瞻星魚抖落細沙，顯現真身，尾隨數隻小魚游經我們的面前，最後降落在另一處沙地上，扭扭身軀，神奇地將自己再度隱蔽於沙地之下。就這麼一眨眼的工夫，我已無法從那片地上找出一點端倪。

（上）某種瞻星魚。
（下）助教自由潛水帶上來的小傢伙，之後被我偷放回海裡了。

（上）初階潛水課程進行中。
（下）這裡的淺灘是滿滿的海膽，我們得搭小艇到水面休息站再下潛。

來不及破解瞻星魚的隱身術，Ian把我們帶到了平地，指示我們關閉手電筒。我輕輕按下開關，手指卻不敢離開按鈕，心底抗拒著黑暗。但，當所有光源從手中流逝，我才發現夜裡的深海並非幽冥，暗昧中依舊有微弱而堅定的細束月光，穿透稠密水波。

Ian舉起臂上的夜光手寫板，向我們下達指令：「Just move.」他雙手一揮、雙腿一踢，一團螢火蟲似的光點立即隨之亮起。我呆愣看著眼前的魔幻景象，一時間不曉得要做什麼動作才好，最後以食指為仙女棒，畫起大圓，在自己的周圍燃起星火般的光芒。

是螢火，抑或點點流星？不，這是李安導演《少年Pi的奇幻漂流》，是電腦動畫才有的景色，如今竟真實呈現在我眼前，可以觸及，又如夢一般無法捉摸。不再感到恐懼，這一刻就是全部，以海平面為分界，我正在世界的另一面仰望繁星。

回到水面休息站，Ian告訴我那光點來自浮游生物，位於食物鏈的底層，邊說邊以自己寬大的指頭盡力比出一個迷你尺寸。

我凝視著那指腹與指腹間的微小距離，適才體驗的一幕幕再度湧進腦海，教練的指尖彷彿也沾上了生物的螢光……驀地，我發覺自己所見的，並非僅僅是海下的流星螢火，而是在這一夜、這深海中，窺探了整個宇宙。

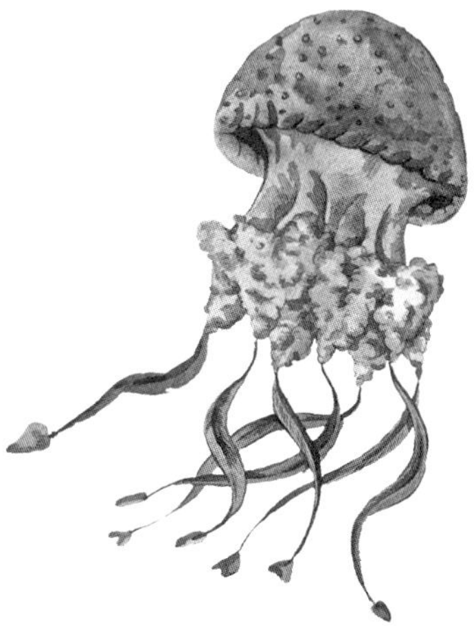

在澳洲看海的日子

我在菲律賓念書時愛上了海，待了近三個月後返台，前往澳洲打工旅行。抵達澳洲後為滿足申請二簽的條件，第一站就去偏鄉的奶粉廠工作。

奶粉廠坐落在不到百人的小鎮，老闆是個中國人，旗下員工有中國人也有當地人，我們幾個台灣打工仔的待遇雖比法定時薪低一些，但與中國員工一樣包吃住，且又比宿舍在廠區內的他們好一些，是住外頭，不用夜夜無條件加班，還和當地人一樣享有上下午各一次的break。

有一回，工廠臨時停工半日，我和S閒來無事，便問同事Mario附近有沒有海？Mario說有，向我再三保證步行可達，最多十來分鐘。我和S踏上了旅程。

一走走了一個多小時。

（上）走很久的路才看到海。
（下）被打上淺灘的某種水母。

從天亮走到天黑，還得再花一個多小時走回工廠，終於勉強趕上晚飯時間。究竟那天看到的海長得什麼模樣，是不是洗去了我的疲勞與悲傷，一點也想不起來。只記得那路是碎石子鋪的，非常難走，我幾乎心疼起我的鞋，擔心又要花錢；然而，念著Mario說的十來分鐘，我怕海就在眼前，自己卻提前打道回府。

等和Mario更熟一點，或說跟所有當地人都熟了以後，我才知道這群外國佬是不太走路的，地廣人稀的澳洲偏鄉，車隨處可停，最遠不過走到對街餐廳。他們的「走路X分鐘」，完全不能當憑據。

奶粉廠後來因為沒通過衛生檢查被勒令停業，復工之日遙遙無期，我和S於是先去市區謀生，鎖定號稱墨爾本最美沙灘的弗蘭克斯頓。我們對那的印象極好，曾在休假時兩人於沙灘漫步。因為沙上的足跡是那麼明確，以至於我一時產生錯覺，認為得到了預兆，能把未來難題交託給這片弗蘭克斯頓之海。

事實是，自那時起我們開始更坎坷的打工生活。澳洲的大眾運輸系統沒有台灣方便，不是沒有公車就是班次極少，我們每天摸黑出門，摸黑回家，道路好像只有上坡再上坡，人生卻是下坡再下坡。抵達車站後，腦中空白，身心疲憊，就算知道一牆之隔便是當初留住我們的海，也沒有一絲翻過去的氣力。不到兩周的時間，我完全忘記牆後的風景。如果日子還有空閒，那也是用來問自己是不是做錯選擇。

我們日日夜夜走著向著海的路，卻再也沒有看過海。

最後一次去看它，是為了離開。

海當然還是一樣的，不管與第一次遇到的它相比，或是與菲律賓那片充滿生機的大海相比。經濟、環境、心境不同了，它的璀璨粼光變成了冷酷。它獨自閃耀，對其他生命的苦難毫不在乎。

我在那一刻很深很深地認知到，海是無情的，那種無情如水母毒吻，即使是三年後的現在，仍不時在夜裡螫傷我；但那無情也是空洞的，正因為空洞，所以既能容納生命，也能將所有寄託吞沒。海就是海。

還不能自比為一隻海鷗

澳洲紅嘴鷗不是我在澳洲看見的第一種鳥，與此地其他特色動物相比，他不僅沒有任何出眾之處，外型還和同在南半球的紐西蘭紅嘴鷗十分相似。據說，正因為他們的形態特徵不易辨別，所以目前學術界對他們的分類也相當分歧。澳洲紅嘴鷗就是這樣一種鳥類，在人類的世界裡，活得含含糊糊。

話雖如此，我卻對自己第一次看見他們的景象印象深刻。他們在墨爾本市中心的雅拉河畔旁，穿梭在拿著一杯咖啡或一只甜筒的行人腳邊，試探性地回望每一對和自己交集上的眼睛，期待一些吃剩的輕食、一點餅乾碎屑。

也許因為我抵達墨爾本已是秋季的緣

故，又或是打工旅行的身分，我對這城市的印象始終停留在「富有人文氣息，但不論你穿多穿少，總感覺手上少了一杯咖啡的溫度」。而點綴其間，匆忙謀生的紅嘴鷗身影，就變成令人看著看著會陷入沉思，卻又極度想要抽離的流沙似的鏡像。

搬到弗蘭克斯頓後，紅嘴鷗和我的距離變得更近。如同海鷗要與水比鄰而居，我也曾經相信自己只要搬來這裡、只要能夠時常望著無邊無際的海洋，就沒有不能化解的愁苦。畢竟，所有快

回看自己的腳印，意外撞見澳洲紅嘴鷗（*Chroicocephalus novaehollandiae*）。

樂與悲傷，在海洋面前都是那麼微不足道。

然而，身為一名外來者，我擁有最多的不就是「微不足道」嗎？這是一個合法的工作嗎？這次停留可以待多久？這群人會接納我吧？說到底，我也不過就是一隻混在一群海鷗中的海鷗，一隻終日不知飽、汲汲營營的鳥。

是終日不知飽啊。在弗蘭克斯頓好不容易找到的合法飯店房務工作，進去後才知道法定薪資之前還有苛刻的潛規則，待遇比非法黑工還要糟糕。但那又如何？外頭有著是大排長龍的背包客，等著這份一整天沒有時間吃飯、喝水，連如廁時間都省下來的工作。

轉車再轉車，兩小時後抵達陰濕的車站，再等一小時一班的公車回家，我知道車站的背後是海洋，但我的力氣只夠拿出背包裡的香蕉。特價時買的香蕉，經過一天折騰，明亮的黃色果皮已一點一點黑了起來。我吃下大部分的果肉，剩下最後軟爛的一塊，準備丟進垃圾桶。

可是澳洲紅嘴鷗在看。

他大概也很冷很餓，說不定這一天或這一陣子也混得不好……你會怎麼做呢？是讓一小塊爛香蕉毫無懸念、政治正確地進到垃圾桶，還是讓它以果實的姿態，去挽救誰的一天？如果你清楚知道，野生動物到底必須自己去找合適的東西吃，不宜與人過從甚密；如果你清楚知道，此時的心軟，將令他和他的同伴後患無窮。你，會怎麼選擇呢？

我凝望著他好久好久。

決定辭職的那個周末，我奢侈地買了一份炸魚薯條，走到曾經以為可以交託所有生命難題的海岸邊。我在沙灘上踩出明確的足跡，對未來卻滿是不安。回頭看著自己的腳印，竟意外撞見一群紅嘴鷗盤旋在跳起來就能碰觸的高度，宛如放得極低的風箏，伴隨左右。

原來，就為了一個可能存在的機會，他們寧願花上比一餐還要多的熱量，也要跟上我的腳步逆風而飛。我們面對一樣的未定數，他們的眼神卻只有專注。

啊，我如何好意思自比為一隻海鷗呢？想要成為海鷗，還有好多好多要學。

如果是為了遇見你

前幾年朋友分析我的「人類圖」，說我是個會不斷追尋意義與方向的人，仔細想想，好像真是如此。從澳洲回來後，我三不五時問S：「你覺得澳洲帶給你的是什麼？」他曾在南半球最頂級俱樂部任職，故回答我：「大概是發現自己確實可以在國外混口飯吃吧。」同樣的問題我也問自己，雖然兩人同時間去澳洲，但些許際遇差異，讓我的心得與他完全相反。那段日子不是黑歷史也是灰歷史，每當想要攤開檢視，總免不了撕裂傷口沾黏之處，疼痛異常。

然而我仍想追尋意義，認定苦難背後都有理由，唯有找到心滿意足的答案，才算「渡過」。

灰是黑與白的混合，渡過的渡是水字邊，我想起在沒那麼憂愁的日子裡，同事Ray會在下班後到港口釣魚，順道載我們兜風。Port Albert、Port Franklin、Port Welshpool，這些圍繞著巴斯海峽的港，對不釣魚的我們來說大同小異，唯獨最後一個Port Welshpool因為有「遊俠」，顯得與眾不同。

Ray帶我們去的時候什麼也沒預告，等他釣著釣著，魚上鉤了，正要收竿，遊俠便驀地出場，一個漂亮的閃身，把Ray鉤上的魚給叼走了——誰教他是隻海獅。

在這一帶，海獅不算常見動物，根據Ray的說法，遊俠是落單的，而且從他身上癒合的傷痕與標記看來，曾與人類打過交道。也許是這樣，遊俠不怕人，會以一種近似貓狗的態度親近人。他睜著一對水汪汪的大眼，一邊吃掉別人鉤上的魚與魚餌，一邊巴望更多來自陸地的友善。

通常陪釣魚的，樂得找機會討他歡心；正在釣魚的，有些默不作聲，有些面帶無奈，有些出手教訓他——幸好這種人很少，他們大概也知道這麼做有風險，竿子一揮，其他人都在瞪他們。

澳洲海邊能看見的不只有海獅，還有世上體形最小的企鵝。

距離墨爾本約兩小時車程的菲利浦島（Philips Island），設有小藍企鵝保護區，藉著門票、深度體驗、周邊商品等收入維持保育工作。很多人認識這裡，是因為一群穿毛衣的小企鵝：二〇〇一年，菲利浦島周邊發生油汙事件，影響了至少四百三十八隻企鵝，令他們的毛髮糾結成一塊塊，不僅失去保暖作用、變得笨重、降低獵食成功率，更讓他們在理毛時誤食——只要十分澳幣大小的油汙就可能殺死一隻企鵝。為此，機構發起了「為大自然編織」（Knits for Nature），招募志工做保暖且阻隔油汙的毛衣給小企鵝穿，也吸引人們對議題的關注。他們成功了，上千名志工響應，最後百分之九十七的企鵝順利回到野外。

一樣出名的，還有此處的「企鵝大遊行」。園區每日倒數企鵝回巢時間，讓遊客可以透過官網、App得到第一手消息，提前至觀景木棧道上守候。當一個個小毛頭自白浪中現身，咕咚咕咚地走過我左右，傻里傻氣地張望，徐徐走回山上小窩，我真的差點「獸性大發」，好幾次右手捏左手，左手掐右手，拚命抑制用力抱緊、塞入包包拐回家的衝動。

我滿懷感動地把參觀經驗告訴Ray，他卻笑我捨近求遠，透露離市中心約半小時車程的聖科達（St Kilda），就有一樣的野生小企鵝可看。於是，我又排定了一天休假前往。

不同於菲利浦島上禁止攝影，遊客們可自由拍攝聖科達的小企鵝，只要記得關閉閃光燈，並且謹守規矩，不要騷擾他們。能在貌似更自然的環境下遇見企鵝、拍照留念，教人對聖科達充滿好感；不過，保護區之所以有限制，也是過去部分遊客以「聽不懂英語」為由，堅持用閃光燈拍照，遂演變成全面禁止。雖然不允許拍照，可是現場適度的打光、對軟硬體設備的經營、保育理念的宣導等，還是讓人覺得要把兩個地方都去了，才算完整、才算對小企鵝有所交代。

也許，相較小企鵝被迫跳入燃油外洩的海灣，所有我經歷且視為不堪的，不過是自找的。再說，若把時間拉得更長，現在追尋不到的意義和價值終有一天自會顯現。若此時一定要一個安身立命的答案，那就把自己安放在「為了遇見他們」吧。

真失禮，人家才沒有死掉呢！

講到企鵝與海獅，還有一個故事可說。那是我在學會潛水之前，和姊姊、姊夫、媽媽一塊去紐西蘭自助旅行的事。

第十一天，半個月的旅程進入尾聲，我們前往桑德弗萊灣（Sandfly Bay）看黃眼企鵝。觀景台的位置相當隱密，必須越過陡峭得要用四肢爬行的沙丘，才能抵達觀察小木屋。雖然抵達和離開皆頗為費力，但攀爬中不得不慢的步調，讓人細細欣賞起沙丘的光影變化，以及那近乎荒漠卻又鄰近大洋的特殊景觀。

一樣很特殊的，還有平坦沙地上的海獅。他們倒在那，任憑周遭蒼蠅停駐。我靠近其中一隻，他很輕地動了動。「死掉了嗎？」「就算沒有死掉，也奄奄一息了吧？」「為什麼會這樣？這是正常的嗎？」四個不熟悉海獅的人，怎麼討論也說不出個所以然，只有繼續往前走。

沒幾步，又是兩隻小海獅倒在沙地上。我心想，紐西蘭真不可思議，像海獅這樣的動物垂死在路邊竟無人問津，彷彿稀鬆平常。

抵達木屋十來分鐘後，姊姊首先發現白浪裡上下沉浮的不明物。隨不明物順利上岸，輪廓逐漸清晰，主角黃眼企鵝登場！第一隻抵達的黃眼企鵝跳上最近的岩石，似在觀察或等待著誰，放慢了腳步；不久，另一隻黃眼企鵝也來到岩石區。此後好幾分鐘，他們站在原地，沒有動作，又過了一陣子，才下定決心般往山丘上走去。

對，你沒看錯，企鵝是從海裡出現，「登山」回家的。眼前的景象和過去的認知差異實在太大，強烈的違和感衝上腦門。可是，說「違和」，野外的企鵝到底應該住在怎樣的環境裡呢？我從來沒想過這問題，腦海能浮現的只有各式極地造型的展覽館，與居山臨海的黃眼企鵝相差十萬八千里。更教人吃驚的，是眼前的小傢伙竟然「跳」著登山！明明是圓滾滾的企鵝啊，這樣會不會太危險了？

他們的每一步，都有我在遠方的倒抽一口氣。不過對黃眼企鵝來說，這不算挑戰，真正帶給他們生存威脅的，仍是棲地受到破壞、貓狗等動物的入侵。這也是為什麼我們必須到隱密的地方觀察他們：唯有在確認四周沒有陌生身影與聲音，企鵝才會從海裡現身；反之，遊客持續且過分的打擾，不僅會讓他們在家中等待的小孩挨餓，也會逼得他們最終選擇搬離此地。

隨著黃眼企鵝平安返家，我們也準備踏上回程，恰好此時現場有兩位保育人員，姊姊便順口請教他們海獅的狀況。幾回問答後，終於搞清楚那種倒地不起的狀態，一般稱為——睡覺。

丟臉的還在後頭。當我們再度辛苦越過沙丘，赫然發現入口處就有英文告示，清清楚楚地解釋這群海獅的來龍去脈。「難怪我問他們為什麼海獅死在沙灘上，他們一臉莫名其妙！」姊姊尷尬地大喊。

啊，沒辦法，人看到異國文字就會想忽視，特別是風景區的告示，連中文的都不一定細讀呢。

究竟這群海獅有什麼故事，且讓受到教訓、好好讀了至少三遍的我來說明：如今相當稀有的紐西蘭海獅，其實曾廣泛地生活在紐國海岸，直到兩百年前的獵殺活動導致他們近乎滅絕，又經過了很長的一段時間，他們才回到這裡繁殖。若遊客在沙灘上碰到正在活動的他們，請保持二十大步距離，安靜離開；若碰到在睡覺的海獅，則保持十大步距離。另外，海獅媽媽可能會出海捕魚幾日，遇到被留在沙灘上的小海獅，請千萬不要騷擾他們。

好險好險，差點就回台亂為海獅發訃聞了。

沙地上的紐西蘭海獅（*Phocarctos hookeri*）。

主角黃眼企鵝（*Megadyptes antipodes*）登場。

防曬油

我不喜歡擦防曬油，覺得再怎麼強調質地清爽，終究是一層覆蓋皮膚的異物。不過，我卻很喜歡防曬油的味道。

還沒那麼多囉囉嗦嗦個人主張的童年，只要到海水浴場玩，媽媽一定幫我和姊姊塗上厚厚的防曬油，並且將自己淘汰下來的襯衫給我們穿著戲水。不會游泳的媽媽，待在大傘底下，耐心地看著我們玩，等我們餓了累了上岸找她，討她事先備好的滷味、水果。在吃的同時，她會在我們身上補擦防曬油。海邊一曬兩、三個小時，我一次也沒有曬傷過。回程時，全家會找一間枝仔冰店停下來，一人一支；那是患有氣喘的我，唯一可以正大光明吃冰的時候。我是這樣喜歡上海的，連帶的，把防曬油的氣味當作海的味道，一起喜歡。

姊姊的記憶和我不太一樣。某年我們聊到這件事，她告訴我，她有很長一段時間都以為防曬油的味道就是泳池的味道。我們差六歲半，兩人不曾一起學游泳，因此我的泳池記憶沒有防曬油，更多的是漂白水一類象徵清潔的氣味。

長大以後，我們對防曬油的態度完全不同。姊姊補防曬油，又勤又快，像運動員喝水，擠出水柱，帥氣地噴灑在身上，然後慢慢塗勻。我則相反，出門抹防曬油，要有指令才有動作，而且一旦擦了就以為金鐘罩鐵布衫上身，怎麼流汗也不補。沒曬黑曬傷的夏天，簡直是辜負夏天呀。

但是，再怎麼不想塗抹，被新聞一年一年地威嚇，說紫外線如何導致皮膚癌與老化，以及幾次重度曬傷，體會皮肉之苦，我漸漸沒那麼神勇了，明白自己如今也得低頭。真想低頭，還沒那麼容易。某次我在蘭嶼冷泉快意玩水，待上岸回首，才發現水面一層油光——連同我在內的觀光客，都成了待洗的鍋碗瓢盆，弄髒一池清水。跟著再做了些功課，才知道大部分的防曬油都有害環境，只要一小滴就會影響一區珊瑚生態；人在都市，每天的日常都是種破壞。

一邊是皮膚癌與老化，一邊是珊瑚的生死，該怎麼抉擇呢？想起那個混著陽光、大海與防曬油味道的童年，我把淘汰的衣服從衣櫃裡翻出來，穿上。這下子，我跟珊瑚，都被媽媽的愛給保護了。

後記：這篇文章完成時，台灣幾乎沒有友善環境的防曬油，現在則多了許多選擇。不過，我也認識幾位研究珊瑚的朋友，至今仍堅持不塗抹任何東西。

只要看過一次充滿生機的潮池，就會非常小心自己的一舉一動。

（上）在蘭嶼東清部落等待日出。
（下）走在蘭嶼大天池步道上，可以看見小蘭嶼。

被螃蟹拯救的一天

以前念書時常有學長姊應邀回校分享，其侃侃而談的樣子教我心生嚮往，覺得那就是自己未來可能的模樣。因此，去年老師問我要不要參與母校舉辦的文學營活動，我二話不說就答應了。這麼榮幸的事，當然不能給老師機會後悔。

不過，人到了現場才發現完蛋了——由於是對外開放的活動，學員年齡層廣泛，從國高中生到我媽那個年紀的都有。直覺想起，有一回媽媽讀完刊著我文章的報紙，忽然抬頭問：「這個（文章）我因為認識妳所以想讀，但其他人會有興趣嗎？」她的眼神誠懇，問題卻如一記上勾拳。

有沒有市場，這天就要揭曉。

主持人簡單介紹後，把時間留給我。果不其然，才剛帶完暖身活動，馬上就有年長學員露出失望的表情，比較直接的甚至擺明不耐煩，預期接下來也不會有收穫。幸好，那回我特別準備了一些潛水影片，當鯊魚出場，有些眼神開始升溫；但，獵奇是不夠的，坐第一排最抗拒的大姊，仍舊沒有被說服。我只好繼續講，賣力地講，希望能講出個奇蹟，讓所有口沫化作海流，滾動她眼底的石頭。

海豚、鯊魚、海龜這些炫目的統統輪番出場了，也統統黯然退場。就在我幾乎要死心時，大姊的眼神變了。但那卻是停在一隻螃蟹身上。

那是一段螃蟹進食的影片，很普通的螃蟹，很普通地進食；雖然影片是在演講前三天專程到潮間帶拍的，目的是分享最有時間感跟在地感的內容，可當時按下錄影鍵的我，其實什麼也沒想，只覺得「哎呀，沒看過螃蟹吃飯耶，拍下來好像滿有趣的」，賦予這段影片的梗更是只有一句：「我們大部分的人都吃過螃蟹，不過，螃蟹吃飯是什麼樣子？」連他的名字都偷懶沒有查。

然而，這隻神奇的普通螃蟹，卻瞬間帶起了整場氣氛。一個個大哥大姊的眼神都亮了起來，好像我拋出的是改變他們人生的重大提問。某種東西在教室裡瀰漫起來，年輕的、年長的、我，三者頻率終於對上。

接下來順利多了。我們一起看了一對金鯧覓食，一起思考為什麼我們熟悉金鯧的料理法，卻對金鯧喜歡的料理一無所知；一起看了被困在潮間帶的錦魚，一起思考為什麼這種時候會直覺想把他放回海裡，而不是帶回家吃掉？最後這個段落停在一隻看似兇狠的薑鰻，我請大家仔細觀察該系列照片：乍看一模一樣，其中一張卻多了一尾小魚，人稱魚醫生的裂唇魚。

據說，魚醫生會用特別的動作詢問薑鰻是否要清理口腔，若薑鰻有需要，便會回應他，張大嘴巴，但絕不在魚醫生清理時一口吞掉他。而關於這個魚醫生，還有另外一個八卦：有種名叫三帶盾齒鳚的魚，長得非常像裂唇魚，卻是個會趁人卸下心防時狠咬一口的難纏傢伙——魚的生活也很有戲呀。

那次的問答時間非常熱絡，下課時我更如願以償地體驗被學弟妹圍繞的快樂。我幾分心虛、幾分鬆了一口氣，慶幸自己展現的未來模樣還不算太差。

（上）金鯧，布氏鯧鰺（*Trachinotus blochii*）。
（下）薯鰻（爪哇裸胸鯙，*Gymnothorax javanicus*）與魚醫生（裂唇魚，*Labroides dimidiatus*）。

魚偵探

對魚產生興趣，應該是大學畢業後的第一年，與五位朋友在蘭嶼旅行時。同行的朋友吳怡球，曾在早先的綠島旅行中遇到一位博學的老師，能解答她所有蟲魚鳥獸之名。不過，這僅限於頭幾天。幾天後，他開始要求吳怡球必須自己翻圖鑑，告訴她，唯有親自查找圖鑑，才會更加熟悉自己的發現。球把這個習慣帶到了我們的蘭嶼旅行，讓我們不再只是單方面聽解說，也會在民宿一樓大廳翻閱圖鑑、互相支援。《雅美（達悟）族的海洋生物》是我買的第一本圖鑑，出乎意料地好用。那時我還沒有防水相機，記下魚的方式只有靠腦袋，所以浮潛一趟回來能記得的魚，全不出圖鑑裡的。

說到圖鑑，我也曾迷上找鳥，《台灣野鳥手繪圖鑑》是我的第二本圖鑑，但那股熱情似乎沒有找魚強烈。我想很大的因素，是鳥族與人類的相處更頻繁也因此更機警，一旦展翅，留在腦海的翻拍就只剩下黑影。這點來說，只要不是完全躲匿的，再機警的魚至少也會留下藍的、黃的、臉長得有點「那樣」的殘像。「那樣」不可名狀，可是一翻圖鑑，記憶就會回來，像指認逃犯。

出社會能存的錢比工讀時多，我狠下心買萬元防水相機OLYMPUS TG-2和它的潛水殼（增加防水的深度與保障），可以記錄的魚又更多了。雖然比較多，但在潛技、水流、能見度等等考驗下，最後許多照片都是糊的。

要找魚，照片一定不能糊，不僅不能糊，最好還三百六十度都拍一遍，方能徹底掌握魚特徵。不過，話又說回來，下過水的都知道，那可是海洋生物的場子，我游得再快也沒有魚快，我又是個都市人，沒有太多機會跟他們變得熟識。一年一會，直到現在還是很多都搞不清楚——這感覺跟愛情很像，不僅在你沒意識到的時候展開，還使你無可自拔地深陷其中。

有些地方為發展水下活動、吸引遊客目光而餵魚，我則習慣婉拒，因為餵食當下水質

本氏蝶魚（*Chaetodon bennetti*）。

（上）尖翅燕魚（*Platax teira*）。
（中）角鐮魚（*Zanclus cornutus*）。
（下）漣紋櫛齒刺尾鯛（*Ctenochaetus striatus*）。

混濁、魚群混亂，忽然被叫來吃飯的他們，不容易觀察出平時生活的模樣。以我潛水的次數、能耐和生物知識來說，能觀察到的其實怎樣都很有限，但還是想抓住片刻的不期而遇，自以為這樣邂逅比較浪漫。

因著這股浪漫，旅行回到工作崗位後的幾天，精神狀況往往不太好，一下班就著手整理照片，一整理到難得拍攝清楚的，便按捺不住認識對方的衝動。不過，要知識沒知識，要經驗沒經驗，查找得從根本做起。先翻那本唯一的《雅美（達悟）族的海洋生物》，看看能不能得上天垂憐，找到一模一樣的；沒一模一樣的，至少也大概知道後兩個字可能是「鯿魚」，或是至少知道他身體細長細長的，肯定不是鯿魚，再從僅有的關鍵，拋於網海中搜尋，或是厚著臉皮請教他人。

隨著次數多了，漸漸掌握到搜尋方法，有回結束沖繩旅行後，我竟一舉拿下四種魚（如果你想知道，分別是角鐮魚、三棘帶鮋、尖翅燕魚、本氏蝶魚），最後在刺尾鯛一題敗陣下來。

那種只知道是刺尾鯛，怎樣都查不到全名的感覺真痛苦，像是路過某店家，忽然聽到非常非常熟悉的旋律，可就是差那麼一步無法想起曲名。後來，S點醒我，與其停留在中文搜尋，抓著刺尾鯛等關鍵詞不放，不如從試試他們的科名Acanthuridae……對啊，我怎麼忘了還有這招！

變身偵探，我開始找「不在場證明」，看他的分布水域、水深幾公尺，打量他是不是每個特徵都跟圖鑑上說的一樣，多一塊斑、少兩條線都只是嫌疑犯。

經一條條線索比對如指紋掃描，紅線一圈又一圈，系統從百分之五十跑到百分之七十五，終於來到百分之一百——哈！*Ctenochaetus striatus*，漣紋櫛齒刺尾鯛，讓我晝夜難安的就是你！

一件很小很小的事

我把頭緊緊靠在椅子上，陽光烈烈地燒著我的背，但已無力挪動身子，甚至悄悄趁著嘔吐時，嗚嗚地哭了起來。我的臉幾乎要貼到水面，胃裡為數不多的東西從身上脫離，消融在海裡。不記得這是第幾次嘔吐了，從固體到液體，每次都告訴自己這是最後一次，喝口水，含顆話梅，沒事了，沒事了。但我吐了又吐，傾倒整個生命在海裡。

我暈船了。

這是一件很小很小的事，不必說，不該說，不被納入潛水的想像或規畫裡。但此時此刻，我感覺自己的胃被不存在的帆繩捆著抽著，浪隨意扭擰。想不起來結束第一支氣瓶，上船多久後變成這樣？我有沒有發現預兆？我有沒有試圖抵抗？還是我不應該抵抗？我想隨著浪擺盪，說服自己化為海的一部分，從形體的痛苦中解放。然而，愈是想隨浪擺盪，愈感受到浪的擺盪，我整個人連靈魂一同翻攪，最後又攀著椅子底部，靠近海面乾嘔，直到嘔出東西——我不知道那是什麼，應該已經沒有任何東西了。嘔出來的也許就是「我」吧。

潛水好難，我偷偷哭泣了起來。許久沒有運動後開始潛水的那次，我受了慘痛的教訓，所以開始游泳、開始跑步、開始注意飲食、開始訓練核心肌群，這一次我的耗氣量果真減少，我的中性浮力做得更好……可是，我要怎麼訓練自己不暈船？我不是每次都會暈船，但我沒有辦法預料是哪一次。難道要天天坐大怒神訓練？

我自嘲，並對給予同情眼光的潛伴比出OK。這動作潛水員比一般人更能心領神會，不過沒能勉強擠出笑容的臉，一定不會有人相信我。意識逐漸渙散，海的多變與瑰麗都沒有意義，我也不急著回到陸地了，我已經破破爛爛了。

一名潛導拿了暈船藥給我，我任其擺布地吞下，心想接下來幾分鐘都要盡可能忍耐，讓藥物被身體吸收。同時，理論上已不太具有反應的自己，依舊清楚聽見潛導說這樣不行，上船前就該吃藥。

火辣辣的不只是背。

我倔強，想辯解，我心裡吶喊我不曉得會暈船，而且潛水本應儘量避免服用藥物，因為不知道在水壓之下會變成怎樣……這些話不管說出口或沒說出口，都沒有意義了，就是這樣了，沒有人要聽爛泥說話。

有些只潛一次的同伴被小船接走，他們請爛泥借過，我便史萊姆地滾到一側。我也想上船。但我不甘心，我害怕水下還有事情我不知道，我在這個島上的時間這麼短，而為了這一趟又付出那麼多心力。我感覺自己無比脆弱，可悲，而且生命裡完全沒有可以依附之物。

要潛第二支了。

上午才有的兩支氣瓶船潛，代表的是船將航行更遠，更遠離人煙，能看見的東西更多，這個我暗自學會的經驗，如今怎能放手。

我撐著身子穿好ＢＣＤ，氣瓶很重，但我有運動，我不害怕啊，我不怕。我不過度吞嚥，我不刺激胃部，我不凝視黑暗。我看著海面，偷偷打了最後一次噁心，跳進水裡。我知道，只有在水中央我才能平靜。船上不行，漂浮水面也不行。那些都是有浪的地方。

帶著不安下潛，胃傳來一陣陣躁動，不要聽，不要感覺，把心思放在呼吸，傾聽二級頭的吸吐，觀看眼前的景物。深度逐漸增加，水不冰，恰好撫過剛才顫慄的軀體。我的肢體鬆了下來。

魟魚走過，鯊魚走過，大魚群走過，小魚群走過，我走過。

三十八分鐘後，我再次上了船，世界沒有奇蹟，胃依然疼痛，但疲累和藥效令我昏昏沉沉，把頭緊緊靠在椅子上，作了一些像夢的東西，陽光烈烈地燒著我的背。

回到陸地後，這胃痛繼續伴隨我直到旅途結束，依舊蠢蠢蔓延著。

我是真的傾倒了生命在海裡。

（上）要求自己專心看魚，忘記身體的不適；圖為艾氏擬花鱸（*Pseudanthias evansi*）。
（下）白胸刺尾魚（*Acanthurus leucosternon*），為了這樣的美麗，再暈也無法捨棄海。

（上）克氏雙鋸魚（*Amphiprion clarkii*），不論深淺都能見到，很有親切感。
（下）淺色雙鋸魚（*Amphiprion nigripes*），分布於西印度洋區的馬爾地夫及斯里蘭卡海域，這趟是第一次認識他們。

想喝酒，請先接受挑戰

旅居新德里超過七年的作家朋友印度尤，在文章〈來去印度乾一杯！〉中提到，當地因為宗教的緣故（印度教、伊斯蘭教、錫克教），許多人不喝酒，加上男尊女卑的觀念仍深，像她那般「公然」買酒的女子，即使是外國人也難逃側目。「但號稱不喝酒或禁酒，都是『官方而言』。」她曾在友人指引下，見識到盛裝滿滿啤酒的茶壺，也見過沒有供酒的婚宴現場，參加的人個個眼神迷離——在出入一輛神祕黑色箱型車之後。

這個有趣的文化差異，讓我想起二〇一六年和S到馬爾地夫潛水的經驗。以伊斯蘭教為主要宗教的馬爾地夫，對酒精飲品也有嚴格規範，非度假村的島嶼上一概不提供之外，謹慎一點的旅遊指南，還會特別提醒女性遊客避免穿著短褲、背心，切勿露出大腿、手臂。基於盤纏有限，當時我們正是決定住在有常民生活的居民島上，很慎重地把這些規矩放在心上。

講到居民島，要先說明馬爾地夫是一個島國，包含了二十六個環礁，一千一百九十二座珊瑚礁島，其中約有兩百座島嶼有人居住。除了廣為人知的一島一飯店外，還有所謂的居民島，也開始做起觀光生意；據說後者的興起，與政府回應百姓「賺不到錢、錢都被財團賺走了」有關。當旅人們的活動範圍拓展至在地人的日常，入境隨俗就成為必須。

事實上，截至目前為止，馬爾地夫也是最讓人在不知不覺間，把「入境隨俗」四字執行得徹底的國家。早在安排這趟旅行的時候，S就再再叮嚀，一定要避開星期五，星期五是主麻日，不僅多數商家不營業，連公共渡輪都不發船，跳島不便。接著，我們從新加坡樟宜機場轉機至馬爾地夫的機場島（對，他們還有機場島），這初初入國境的一刻，眼看飛機就要降落，機長竟在即將著地之際，迅速拉抬機身——因為，跑道太短了，他感覺不夠滑行——眨眼之間，有沒有握緊扶手、有沒有倒抽一口氣，就知是不是在地人。

平安入境後，最後一班公共渡輪已經開走了，欲前往不同的島，得搭「計程車」，也就是快艇。那是一回非常難忘的移動經驗，我們經過一座又一座的島，也經過一處又一處燈塔呼喚不到的地方，快艇把渡輪九十分的航程濃縮至三十五分鐘，一次次於浪尖上飛躍，一次次於船尾攪出浮光……快艇駛著駛著，把自己撞成了一艘宇宙飛船。

也把我撞成了一名外星人。當終於登上了居民島Maafushi，與其他外國人一字排開，長袖長褲的我，簡直是不適應地球環境、需要層層隔絕的外星人。對，根本沒有外國遊客在遵守那些規範！儘管開放居民島觀光是近幾年的事，當地人早已習慣外國人自由的穿著，露腿露肩算不了什麼，他們如今的要求，只有別穿著比基尼上街就好。倘若真的很想穿比基尼，在陸地上，他們有個專門規畫給外國人的海灘；不然，請搭船出海，無人島上、度假村裡，愛怎麼穿就怎麼穿。

看見這樣變通的作法，認為沒有啤酒就不是度假的S，對酒精飲品的渴望完全被點燃。比基尼都有專屬海灘，啤酒應該也有門路可買？他逮著機會，請教一位剛賣行程給我們的老闆。但對方不說有或沒有，而是抬起了手，指向遠方的海，「你們看，那裡有一艘船。」

我順著他的指向望去，再順著他的視線而回，心想該不會是我們口音太重，對方沒聽懂吧？

「你們有沒有想過，那艘船是幹嘛的？」

還真的沒有。但S好像想通了什麼，眼神發光，老闆也朝他肯定地點了點頭：「酒在海上，不在我們的土地上，不違背信仰。」

啊，入境隨俗，土地之外，就是境外。

可是，那艘船再近，也不是一艘停泊港邊的船，是真真實實停在海上的船呀。我瞇起眼丈量那段距離，游過去絕對是考驗。難道、難道他們是想打退那些不夠渴望的人？就算真的游過去了，喝完還怎麼游回來？莫非是變相的懲處？

老闆笑了，「不是的，妳請民宿打個電話過去，他們會派小艇來接。」

也對，會直覺必須游泳來回的我，大概是腦袋在快艇上撞出了一個黑洞。

很奇怪的，當知道怎樣可以破戒以後，S忽然不再執著，直到最後一天，我們都沒有呼叫那艘船。不過，此刻我有一點後悔，愈想愈可惜——酒不一定要喝，但那樣子的喝酒方式，真應該見識一下。

孤兒不怨

大學四年級，我在花蓮考取初階潛水員執照，經老師介紹，以水下清潔為課餘打工。那是一段也哀傷也寧靜的時光，先是動物家人Spring離開，接著和好朋友鬧翻，生活頓時空閒起來，也規律了起來，一周兩到三天上午刷池子，下午或修一門三小時的課，或在宿舍寫一點東西。我在那時候迷上潛水，迷上海面下每次的呼吸都那麼慎重有分量，迷上在無法言語的世界裡，以敲擊金屬作為最基本的溝通。畢業後回台北，一下子不曉得從事什麼工作好，碰巧一間潛水訓練中心開幕，便去應徵。

老闆很年輕，三十歲，第一次開店，比起面試，更像在聊他的理想，最後才問起我的經驗，然後武斷地說：「妳是潛水孤兒。」意思是，離開了學習初階潛水的店家，極易面臨新潛店因不清我「底細」，不便讓我加入的窘況。當時在職場和潛水圈都很菜，我傻傻地聽了這番話，默默地接受。而這個詞也真的成為一道魔咒，使我愈潛愈孤僻。儘管斷斷續續在台北、墾丁、菲律賓、馬爾地夫考了各種不同專長的潛水員執照，但始終沒有固定的教練，更沒有想過參與任何團體潛水活動。

漸漸的，我習慣了人到當地再找潛店，而且在國外累積的氣瓶數遠超過在台灣的。價格雖然是原因，但我也隱約感覺到，自己真正想的，是與其去面對同語言的格格不入、突兀地打入一個已有默契的團體，不如和語言不完全相通的人一起行動。我們只說想說的話，我們的沉默能被彼此接受。

後來偶然與一位也潛水的作家聊到這件事，她與我正好相反，是只信任某位教練，只跟他的團。她覺得我好勇敢，我也覺得她好勇敢。我們都想知道，彼此身在「那樣的」環境中，不怕嗎？

再次聽到「潛水孤兒」這詞，是朋友吳怡球開始學潛水，好奇我的經歷，於是細數給她聽。語畢，球驚呼：「那妳就是潛水孤兒了！妳都怎麼辦？」忘了我怎麼回答，可數月後兩人再度聊起這事，我驚訝發現球竟也走上相似的道路。不同的是，球背後一直有個潛水團體歡迎她，就在她的日常生活圈中；球的孤兒之路，完全出於自己的選擇。

為什麼？

她回答不出來。幾天後，想通了，告訴我：「因為我們就不是『那樣的』人。我們是孤僻的人。」看似簡單的答案，基於對彼此的了解，聽見當下我十分激動。恍然大悟，不管際遇如何、魔咒如何，都比不上最重要的因素——我和她本來就不是熱中團體生活的人，或可簡化地稱為孤僻。

明白了這件事，我逐漸釋懷，面對他人的疑問或質問，能乾脆地大方承認。不記得第幾回以此作答，曾見過我救助斑龜的教練Morris，突然笑笑地回應：「沒有什麼孤不孤兒的，不用介意那些。再說，對動物如此溫柔的人，怎麼會孤僻。」原以為弄清本性就是釋懷，這段話卻讓我放下心底更深處的不安。呆愣了幾秒，選擇輕輕地領受。輕輕地，如在水下般謹慎。

不久，我在Morris所屬的潛水中心買了全套裝備，對自己承諾，當夏天潛季來臨時，我會是團體中的一份子。

撥了通電話給球，她接到這消息時沉默片刻，最終只提醒：「那妳要克服的就不是海，而是孤僻了。」

「我知道。」我說。

心上的貝殼項鍊

我的抽屜裡有個夾鏈袋，放著一條貝殼項鍊，和一個更小的夾鏈袋，裡頭盛裝零散的小貝殼。

我不常打開抽屜，亦不常拿出這個小袋凝視，彷若輕易這麼做，就會被貝殼的螺紋給吸收，掉入一層一層的高塔中。它們其實都是良善的東西，並無惡意，但我總是在對視的時候，想起自己對海還不夠忠誠的地方。

項鍊的來源很簡單，是那一年旅居宿霧的時候，和友人心血來潮到Badian度假村，住宿一晚獲得的。那是個挺高級的度假村，但事前我們並不清楚，直到他們派快艇來接人，一抵達就送上花環，派船送我們去另一個小島浮潛，再讓我們於月光下、白沙上，享受一頓有豎琴演奏的法式晚餐。搭快艇離去時，工作人員在碼頭歌唱，給了我們一人一條貝殼項鍊。

我很膚淺，一下子就被這些影劇裡才有的橋段給唬住了，呆愣愣、喜孜孜地留下那一條項鍊，以為自己擁有了再次回去的鑰匙。我從來沒有被那樣慎重地對待過，彼時亦不清楚這些東西必然建立在某種剝奪上。

後來的日子，我一方面覺得貝殼應該要還給大海，一方面又忍不住端詳起來。它沒有什麼特別花俏的工藝，可也並非由細小貝殼一口氣貫穿，而是以扇貝作為墜子，並在接近墜子處做了一點巧思。扇貝上，一面印了度假村的圖案，一面用筆寫下：「謝謝妳在這裡度過假期，希望我們很快會再相見。」不得不說，這小小的舉動確實讓人心裡舒服。

我於是貪婪，試圖說服自己沒有真的盜竊海洋。

沒想到，我的猶豫卻先影響了同行友人Nina。她很爽快地拆解了項鍊，只留下扇貝當作紀念，其餘交託我還給大海。要離開宿霧前的最後一次潛水行，我把貝殼帶著，可不知有心還是無意，竟忘得一乾二淨，導致兩串貝殼項鍊的重量跟著我回台灣，從此掛在心上。

我花了很多時間才想通，那是一條絕無可能外出配戴的項鍊，當作紀念品留著也不過遙想不可復得的美好。它從來就不是鑰匙，錢才是那桃花源的鑰匙。

那一晚，我細細拆解貝殼項鍊，它的工比預期得還要扎實，很多時候需要借用利器、需要一點蠻力。終於，裡頭的釣魚線斷成一節一節的，我小心不讓它混入袋中。要還給海的，必須乾乾淨淨。

然而，拆解到最後，我看著細細碎碎的釣線，忽然懊悔起

浮潛時遇到鰻鯰（*Plotosus lineatus*）的小魚群。

來：若最初沒有接受，這些釣線就不必枉費了它們的一生，成為一件待處理的廢物、一個被浪費的資源。這雖然是很小的事，但更是一件原本可以不必發生的事；當我多消耗了什麼，在世界的某一處，也許是魚也許是人，能夠分得的必然減少，不用太具體，也許就是一滴乾淨的水資源。

我深深吸一口氣，讓反省告一段落，把那一袋貝殼放進行李裡——我即將再度前往宿霧，雖然曾經做錯，但還有機會道歉。

貝殼項鍊。

在時間近乎靜止的地方

和我一起回宿霧的旅伴有兩位，吳怡球和許小孩。其中，球在我畢業後也去了同一所語言學校，因各自展開不一樣的旅程，兩人閒來無事便特別喜歡聊同一地點的不同經驗。從機場到目的地Moalboal的潛水度假村，我們整整聊了三小時，而她一入住，第一個動作竟是「估算房間與海的距離」——不是因為她好愛海，無法忍受超過十公尺，而是有著颱風天受困於島的恐怖體驗。

「這個距離可以嗎？」我問。

球張望一番，「可能跟Camotes的差不多喔。」

Camotes是距離宿霧兩個多小時船程的偏鄉小島，那年她和來自台日韓的學生一起到島上旅行，離開時遇上颱風，又碰上黑心代辦故意拖延時間，錯過了回市區的最後一班船，滯留了近一周。

「剛開始我們認為頂多晚一天回去，沒當一回事，後來愈來愈不妙，客船持續停駛，信用卡不能刷，身上各國錢幣花光了，風雨太大無法到鎮上領錢……我們從每餐有酒有肉到只敢點幾碗白飯，但這還不是最糟的，糟的是颱風登陸後海水暴漲，原本的海景第一排成驚悚第一排，也不知道是雨水還是海水，直往房裡灌，逼得我們輪流守夜。從早到晚，撲克牌從吹牛、大老二到心臟病，不知道玩了幾回。好不容易颱風走了，可以回去，哪知它去了宿霧，對岸港口全部關閉……」

那回旅行決定得臨時，他們沒來得及向學校提出申請，加上想不到Camotes會訊號全無，根本沒人知道他們的去向，球一度覺得完蛋了，媽媽要殺到菲律賓來找她了。「好在那是最後一個月，我媽習慣了訊號時有時無，可我到現在還沒敢讓家裡知道這件事……」

我替她捏把冷汗，想起自己去Camotes也有特殊遭遇，不過美好多了。

在國外旅行，首先要習慣的是度假村不一定都走奢華路線，好像只要有一塊地、不是獨棟飯店，無論房裡有無冷氣、熱水，皆能掛名度假村。而我在Camotes待的，又更像是借住朋友家，開門即能遇到當地嬉戲的孩子，到了下午，本來是餐廳的地方，湧入一大群人，大家挪開桌椅，變出社區活動中心，全村一同展開趣味競賽，歡唱KTV直到晚餐時段。

我從海邊浮潛回來，望著眼前景象，正不知道該進該退，立刻受到他們熱絡吆喝。今晚當遊客點餐太掃興，請享受活動免費的自助餐吧！那一晚，我第一次吃到著名的Lechon烤全豬。

隔天一早要出海潛水，不巧潛店船隻借調出了問題，等待的

Camotes 招攬生意的司機們。

（上）本來是餐廳的地方，變成社區活動中心。
（下）門外有一隻貓，也讓我很有歸屬感。

時間裡，僅是第二次見面的潛導，忽滔滔不絕地和我說起了內心話，從他如何自另一個島來到這邊工作，談到近期生活心得。我一邊聽一邊想起昨晚的事，覺得自己明明是個菱形，卻被很好地放入圓裡。這個島上好像沒有人注意到我是菱形，只有我還望著融入圓裡的身體，想著原來菱形的模樣。

後來他決定改岸潛，挑選的點是我至今潛過最可愛的；沒有大型生物，但一區區海葵居住著一隻隻海葵魚，平淡中見滋味。更教我難忘的，是上岸後那泡影般的際遇。

隨著上升，我和潛導來到淺灘，雙腳踏上沙地，頭探出水面。也就在此時，一群小朋友靠了過來，三三兩兩圍住我，羞怯地笑，伸出小小的手，牽住我，將我的手覆蓋於他們的額上。

「這是？」我問。

「……」他們笑而不語，一個個輪流牽起了我的手，一次次重複動作。

「啊，這裡很少有外國遊客，他們覺得很新鮮。」潛導回頭望見，淡淡解釋。

這動作必然有什麼涵義，我想知道。回學校後向老師們詢問，得知這是菲律賓極為傳統的問候方式，如今這種禮節已經很難見到了，年幼的孩子以此向年長者請安，「也代表著他們非常喜歡妳。」我的老師Janine雙眼亮晶晶地向我說明。

Camotes於是對我來說，成了時間近乎靜止的地方。

每支氣瓶都有一個課題

我和吳怡球是大學同學，兩人都是轉學生，起初同組報告頗有相依為命之感，但後來的相處，全然就是愛了。有時候你和一個人很好，可沒法一起旅行；有時候你可以和那個人旅行，可沒法一起潛水。球不然，我們能酒肉也能旅行和潛水。

最棒的是，她也很會暈船，我們一起搭船的時候，會大聲歌唱蓋過其他人的嘔吐聲，或分享各種避暈偏方。我曾向她抱怨，自己不止一次聽信他人說不暈船的祕訣在於順應水流，因而更快開始吐、吐得更慘；她想了想，很有智慧地告訴我，「妳要順應它，但不要感受它。」後來搭乘任何交通工具，只要有暈眩前兆，我就會在心裡默念這句話，彷彿上師開示。

有一年，外國朋友Ray說想來台灣學潛水，剛好我也想再進修，便請球推薦店家。她四處打聽，最後從國小同學Frank那問到了一間，我果真一試成主顧，並在幾個月後和Frank搭上了線，又多了一個聊潛水的朋友。

有朋友聊潛水真的很開心，雖然網路上也有相關論壇能看能討論，但一來各種想法都有支持和反對方，很容易變成口水戰；二來是和自己程度差不多的夥伴討論，更有回到大學時代寫「共筆」的味道。在Moalboal，球和我白天潛水、晚上檢討，隔天實際操練，兩人都覺得進步許多。

和Frank談潛水又不太一樣，更多時候聚焦在「日常」，像是「沒下水時能做什麼運動，幫助自己到時表現得更好」，而看我在Moalboal興奮異常，他直言提醒：「如果旅行讓妳那麼快樂，或許要想一想，之前的生活是不是哪裡出了錯。」

這樣一個分明也擅長心靈路線的人，卻在聽我轉述球的各種名言後，笑問她難道想當潛水界的Peter Su嗎？我猜Frank大概覺得我倆有點傻（他是個不會暈船的薄情男子），可我愈想愈覺得球很適合往這條路發展。

潛水的那幾天，每一支氣瓶，她都給自己一個「課題」。下潛不順利的氣瓶，教會她注意配重；穿越不了的海流，令她決心更努力重訓練肌肉；在水裡容易揚沙，那就想想怎麼提升中性浮力。球面對潛水有一種兵來將擋的氣魄，遇見什麼，就克服什麼。

循著她的思考脈絡，我也開始為自己找課題。相機瘋狂起霧的那支氣瓶，我因無法拍下美景而焦慮，明白了那個才叫作「錯過」；頻頻回首關注潛伴、無心海下風光的那支氣瓶，我了解「信任」的重要，必須信任我的夥伴，信任她可以照顧好自己，也能照顧我；耗氣太快的那支氣瓶，殘壓幾乎沒有下降的潛導告訴我，「放輕鬆，像魚一樣活著。」

「每支氣瓶都有一個課題。」

球說出這句話的時候，我簡直想把它刻下來。無以回報，只好拿出珍藏的海綿；那是某位潛導給我的禮物，說沾點水擦在面鏡上就是天然防霧劑，效果奇佳。只是，不知道為什麼那海綿怎麼洗曬都很臭。

「……它有股海的味道。」球說。

海的味道？我認知的海可不是這味道。「是死魚吧？」我一邊嗅聞，一邊塗抹面鏡。

「嗯，其實我剛剛就是這麼想的。」她收拾起客套，坦白道：「無論它效果多好，我都不想試，怕『面鏡太臭』變成等等那支氣瓶的主題。」

會嗎？有沒有可能嗅覺疲勞？我試著把面鏡戴上……喔天啊，不行，好臭！

球果然很有潛力往心靈導師路線發展，她不只教會我每支氣瓶都有課題，還教我慎選課題。

讓火焰持續燃燒

Jay是我在宿霧念書時的英文口說老師，我倆一對一課程恰好是晚餐前的最後一堂課，我又餓又累，他卻活力四射。「從當老師那天起，我就告訴自己，我要把學生當成自家孩子那樣認真地教！」Jay在我某次詢問其中祕訣時如此說道。

這樣對教學充滿熱情的Jay，後來卻斷斷續續地缺課請假。幾次之後，Jay對我說：「真抱歉，家裡出了點狀況，明日起我必須請長假。如果妳要換老師，我百分之百理解。」

沒有多問原因，我點點頭，開始和不同的代課老師上課，試著撐到那一天。

在我們那所語言學校，一周有一次換老

師的機會，代辦多持鼓勵態度，認為合則來、不合則去，學員在那大概就一到三個月的時間，當然要把握每一天、每一次的學習機會；不過，換老師也是件傷感情的事，老師們像是商品一樣被選擇，很多時候並不清楚學生這麼做的理由，也不曉得學生是否會向經理申訴什麼。彼時我和Jay稱不上有什麼師生情誼，但對他的熱情和文法功力印象深刻，幾經衡量，選擇等待。

Jay回來時又驚又喜，他沒有說原因，可我猜我的留下或許讓他的薪資有了一點保障——Jay有四個小孩，雖然太太也在工作，卻是入不敷出。也是那一天後，他開始和我分享他與家人的相處。比方說，知道我喜歡海，便告訴我他父親是個漁夫，但他不會游泳，感到自卑。有時說著說著，連和太太的相處細節都向我傾吐。

有次我告訴他上周去了某度假村，第一次見識到無邊際泳池，還吃到了櫻桃。「你知道嗎？聽說能用舌頭把櫻桃梗打結的人，非常會接吻喔。」我玩笑地提起當時和日本女性友人瞎鬧的小遊戲，Jay卻一臉「真誠」地回應：「親愛的Leliana，我『必須』告訴妳，我是個接吻高手。」呃？「看來妳並不相信，但這是『真的』！可惜我有太太，不能為妳示範。我第一次和我太太接吻時真的嚇壞了，我心想：天啊，她真不會接吻，我要幫幫她！」呃，老師，我沒有想知道這麼多……「哎呀，妳有一天會結婚，妳必須學習如何讓兩人的愛情火焰持續燃燒。妳太害羞了！不要害羞！快，快問我如何做到？」接著他滔滔不絕說了很多方法，也教了我很多單字。菲律賓人重視家庭，這點我在Jay身上感受最深。

回台灣後兩年，當初的語言學校從韓資變日資，接著倒閉，Jay轉而運用過去累積的學生人脈，經營起視訊教學。我和他上了幾次課，通話品質不差，但效果絕無可能與面對面相提並論，然而我總是想到他那四個小孩，又想讓自己保有使用英語的習慣，儘量捧場。

課上了二十堂左右，我倆都有點疲乏，他給的教材我不感興趣，我的反應也不如他預期。於是，我提議：「告訴我你們的傳說好不好？」

我和Jay的師生火焰終於再次燃燒。他告訴我關於樹靈Agta、鄉間惡魔Dila、類吸血鬼的Manananggal的故事，也沒忘記我愛海洋元素，說了女性人魚Serena、男性人魚Siyokoy的事蹟。Jay認為Serena的原型或許來自歐美，可如今已相當有菲律賓色彩：Serena不需要和壞女巫做悲情交易，自己就能用特殊的貝殼幻化人形；不過，一旦有人打破貝殼，那人就會變成人魚，原來的人魚則永遠變成人類。「當Serena帶著貝殼上街，看起來完全就像一般人，妳甚至可能在百貨公司遇見她。」想知道眼前的是人魚還是人，只要對她潑一點海水即能獲得解答，人魚會在這時候顯現真身。「Serena只有女性，男性的人魚更接近海妖，叫Siyokoy。他們比較蠻橫，也不能藉由特殊貝殼化身為人。」

那堂課之後，我就沒辦法捨棄「也許曾在宿霧的百貨公司遇見人魚而不自知」的念頭。想像那會是怎樣的人魚，而未來若有機會，我是否會對她潑一點海水，竊取她的貝殼？

事隔一年，二〇一七年五月我與友人一塊回宿霧，和Jay碰面吃午餐。他的精神好多了，生活似因工作轉型而富裕起來，買了一輛車，主動提議餐後送我們回飯店。一上車，Jay出奇不意地噴了我們一身香水：「別害怕，這是我太太的香水，維多利亞的祕密。嗯，妳們現在聞起來都像我太太！」我笑了起來，如果一般人說這話，無疑是渣男在撩妹，但他是Jay，這是屬於他的神邏輯。

在車上，Jay漫不經心地提起自己其實還沒有考到駕照，我們吃驚嚷著要下車，他卻笑著混過去，說兩天前去考，沒考過。為什麼？很難嗎？他笑得更大聲了，說考駕照有兩種語言可以選，塔加洛語（Tagalog）和英語，他想前者是自己的母語，當然要選母語啊，就這麼筆試；怎料，試卷上有一大堆交通專有名詞……

「一堆全新的單字？」我問，想起自己和他上課時的感受。

「對！真的很難啊！」

Jay在當老師之前是做新聞的，一直對語言和文字很有自信，我除了不可置信地看著他，沒有第二表情。

「滿分是四十，及格是三十，我只考了二十六……我在幹什麼啊我，我明明是英文老師啊，我幹嘛選塔加洛語……」

因為那是你的母語啊。

與Jay告別前，他從包包裡拿出一串貝殼項鍊，戴在我身上。我看著胸前的長項鍊，哭笑不得。他不曉得我多努力才把上一條項鍊還給大海。「我不知道妳會喜歡什麼，希望妳喜歡這個。」

我想我大概需要比上次更多的時間，才能消化完這一條項鍊，也實在沒有把握，到時能毅然決然拆了它還給大海。此時此刻，我只是好想好想大笑，想起前陣子很紅的韓劇

《太陽的後裔》，男主角曾深情款款地告訴女主角，當地有一個浪漫傳說：「如果從海邊撿起石頭，就一定會再次回到這裡；再回到這兒的人，會把石頭放回原處。」

宿霧啊宿霧，你就是想讓我回來，一次又一次。

心形女孩

認識Janine那年我二十六，她二十二。個性加上菲人普遍更早出社會，她行事穩重，談吐成熟，我自嘆不如。

其實，我不太記得怎麼跟她變得親密，倒是記得面對這樣溫暖、善體人意的女子，自己一開始是有所保留的。然而，等再次想起這件事的時候，我已經把人生祕密都和她說得差不多了，還將彼此稱呼升級為「Love」。

我一直到快期末才知道Janine是我的文法老師；她從來不像其他老師會打斷我，要求把一個句子說對、說完整。在我心中，她是練習口說的老師，始終用很專注的眼神聆聽學生吐露的每個字，好像每個音節都有分量。偶爾我會心虛，覺得自己要說的事情不配得這樣閃閃發亮的注視。

因此，當Janine告訴我，她開始負責學校的夜間聽力課程，儘管很不想再繼續一整天的英語學習，仍是情義相挺地報名了，也居然學出了趣味。

印象最深的是某天播放一段關於情人節的對話，一位男士打給餐廳訂位，接待人員告訴他現在店裡有特別套餐，可以為他們準備觀景座位、花束等等，不曉得他是否有興趣？男士連聲說好。接著，接待人員繼續問是否要蛋糕，男士興致勃勃：「我要蛋糕，巧克力口味的，而且……」然後，我確信自己聽見了：「chocolate cake with hot shit.」腦袋立刻浮現畫面，無法克制地笑了起來，台日韓學生與老師面面相覷，直到整個聽力結束，我才知道原文是：「chocolate cake with heart shape.」全班也才知道我聽見了什麼，響起非常轟動的笑聲。

Janine曾私下對其他人說：「Leliana會的單字很少，但是我見過最會玩文字的人。」直至今日，這句話仍是我低潮時自我鼓勵的話語。面對生命裡不能相信自己的時刻，我藉著相信朋友得到繼續下去的動力。

在語言學校，有些老師長期收到學生的禮物或聚餐邀請，久而久之習慣由學生付費，或視其為許願池。我甚至聽過一種說法，是這類老師比較喜歡韓國日本學生，出手乾脆，與台灣學生不同。這樣的事我沒有碰上，倒是被Janine拉去為另一位同學Nic張羅生日驚喜；她不知從哪買了一個好漂亮、好大的蛋糕，我只要負責埋伏和唱歌就可以一起同樂。

宗教信仰加上樂於過節，十二月二十四日那天，她把各國學生聚集起來，一大群異鄉人一起吃晚餐，並鼓吹我們打電話回家，祝福家人耶誕快樂。其他人不知道的是，她上午已獨獨給我和友人Nina禮物，一束玫瑰與一件高雅的黑色洋裝——那是我此生第一次收到玫瑰。Nina立刻就哭了，我內心激動，但不擅長表達，她用眼神接收了我滿溢的情感，明白那些沒有流出的淚水。

只有一次，Janine無論如何無法支持我：返台前三天，我動心起念，欲獨自前往Moalboal潛水。我很想再看一次海龜，再感受一次震撼。擔心路途安危，Janine極不贊成，希望我打消念頭，卻仍在最後拋下一句：「如果妳很猶豫，就想想怎麼做不會後悔。」我想她知道這麼說我就一定會去，可她更在乎這句話能讓我釐清思緒。我去了，安全回來，沒有後悔地離開宿霧。

接下來幾年有一搭沒一搭聯繫著，再次頻繁傳訊息，是告訴我她要結婚了。我說好，完成了近乎十天份的工作，前往Butuan。抵達後，Janine自然很忙，我們完全沒有獨處的時間，然而信任彼此的感情，我不因她沒有回訊或等待召喚而不安，她也不擔心我是否不適應。從Janine開口那一刻，我就曉得她肯定評估過我的難處，即便這樣也期待我出現，這令她的邀請成了我莫大的榮幸。Janine教會我把一種語言說對、說完整固然重要，但更重要的是好好聽一句話，並且因著知道自己的話語會被認真對待，進而體悟好好說話的重要。然後，放下語言，回到音節的初衷，了解彼此。

在英語與塔加洛語混雜的場合，我被她的朋友們熱情照顧，他們像新娘的自家人般表達歡迎。菲國的婚宴與我們不同，在禮堂完婚後，兩邊大家族先分成男士、女士合照，再集體合照，再分成幾個群體合照，拍上快一個小時，接著才前往飯店餐廳。親友們入坐，新郎新娘不用換衣服，再進場一次，由主持人炒熱氣氛，帶領兩人在台上玩遊戲，問些來賓感興趣的問題：誰先示愛、誰吵架後先道歉……最後Janine一段感性告白，謝謝耶穌使大家今日於此相聚。開飯時，新郎新娘獨坐在禮台上的圓桌，其他人則一個時期的朋友一桌。當天吃的是自助餐，桌上沒有酒水，但每人有一瓶果汁味瓶裝水與紀念品。她的母親專程過來給我擁抱和蛋糕——那是個雙色蛋糕，黃的嘗起來有點像發糕，另一邊則是巧克力；幸好它沒有with heart shape，不然我一定浮想聯翩。

翌日傍晚有一場church service，她邀請我去，讓我再次體認到菲文化的熱情。居然有一個時刻，牧師請所有人和教會裡的新朋友握手；也就因著這多一次的接觸，回國後，我的臉書多了好多菲律賓朋友，包含她媽媽。原來有一種緣分，是一日為伴，終身為友啊。我想起Frank曾說，有些人介紹的朋友，永遠都是朋友的朋友；但有些人介紹的朋友，你卻會信任並且很快變得親密。介紹他和我認識的吳怡球是，Janine一定也是。

同年，Janine和夫婿來台。Nic、Nina與我用食物填滿他們，Janine笑說以前講到吃，覺得沒有國家可以贏過菲律賓，現在她要把寶座讓給台灣。而當初那位在婚禮上，被我一句「可惡，真羨慕你」唬住的男子，一臉可靠的模樣，聽我說明大台北捷運系統、如何自助去花蓮；同時間，我那「行事穩重」的老師則全然放空，沉醉在第一次出國旅行的喜悅，萬事靠丈夫。

Janine回國前一夜告訴我，她先生覺得我和他的思考脈絡很相像，我開玩笑地回她：

「我知道，這就是妳選擇他的原因。」

痞子行李箱

朋友來訊提醒我繳交三月Anilao潛水費用，從沒跟過潛水團的我，第一時間先確定搭國籍航空還是廉價航空，腦袋跟著浮現去年五月，自己為廉航的行李重量淚灑家中、汗灑機場的畫面。

行李一直是最擾人的事，我的空間概念奇差無比，對重量也不太行。後者可以用行李秤克服，但安排東西位置就沒得救。和我一起出國的友人，大多有前一天幫我收行李的經驗——好神奇，行李在他們手下變得紳士，不再痞痞笑。

小時候，長輩常教導什麼不擅長，就要花更多時間去練習、去準備。我面對行李也是這樣的，通常一個月前就筆記要帶什麼，一周前開始裝箱，出發前一日更會空下四到六小時不等，專心面對此一大事。可即便如此，整理技術仍不曾因超時籌備、多次旅行而有所增進。

人在出國前，往往會特地瘦身好拍美照，為什麼那些省下的重量不能挪過去呢？我一邊收行李，一邊異想天開，主張未來航班應該讓旅客登機時秤重，只要比買票時瘦，就可以多帶一些。然而這些政策成真畢竟需要時間，無法立即化解此刻的窘境，我向眾人宣告自己當天要穿蛙鞋登機——那玩意又長又大又有一點二公斤啊！

後來，我真的塞進去也順利出發了，卻在前往下個小島的前幾天，發現自己欲搭乘的國內線，行李重量上限不到國際線的一半。幸好，四處求救後，當地朋友Rose答應我把部分東西寄放在他那。

朋友已如此相挺，剩下的就是靠自己在回國時把東西裝回去了。我本來是很有自信的，畢竟當時有大半面空間是擺放給菲律賓朋友們的禮物，回程自然會空出來，豈料擺了又擺，終究還是頹喪地坐在宿霧機場的角落，一籌莫展看著哈哈大笑的行李箱。我人生中首次氣自己太瘦了——儘管根據出發前推動的法規，理當賠錢給航空公司，但對於冥頑不靈的行李箱來說，我輕如鴻毛。

這困境都被一位韓國太太看在眼裡……可能我拋棄形象、大喊「天殺的潛水裝備」的聲音也被她聽在耳裡；太太穿著一身漂亮洋裝，卻毅然爬上去，為我以生命重量來壓蓋。饒是如此，行李箱仍不屈從，我只好從頭開始，重新安排每樣東西在人生中的位置。

大概三十分鐘後，行李箱閉嘴了，我想著要給拔刀相助的太太一件小禮物。回首一看，崩潰，禮物都在箱子裡啊！掙扎了一會，我選擇開箱尋寶，並瞄到她窺探我何以放棄這得來不易的成功。

這次順利多了，摸了兩下，我掏出禮物，帥氣地蓋上箱子，轉身把東西交到她手上。穿著漂亮洋裝的太太，露出花一般的笑容，她陪伴我一路走來，這份禮物怎麼個禮輕情義重，她最清楚，感動得把它擁入懷中。

我也露出了笑容。

真是太好了，包又輕一點了。

敗逃的收穫

「只能再帶一個人。」刻意壓低的聲音傳了過來。

我站在門外，不巧與他們僅有一牆之隔。聽下去嗎？直覺和自己有關。

櫃台似乎回應了什麼，對話很快被這一側著裝的吆喝聲蓋住。然而，我還是聽見了。

聽見我的潛導說，「這個不太行。」

時間回到數月前，我在生日前後幾天安排了一次綠島假期，期許跨入人生另一階段之際，能更貼近出生的海洋。不過，海洋顯然太看得起我了，先是暈船，然後是第一支氣瓶的碎浪區考驗，我被浪帶跑，一度屈膝下跪，雖然立刻站起，不可靠的形象已在他人心中成立。我知道自己沒有做到最好，也知道這就是現階段能做到的最好。

在這樣試圖保持正向的過程裡，我與眾人回到中心，準備下午兩支氣瓶。但清洗裝備成了第三個考驗。今年才買、才用過幾次的重裝，就像剛認識的對象，會在做飯時因為搞不清楚他吃不吃紅蘿蔔而有尷尬或摩擦，笨手笨腳的模樣吸引了資深潛水員們的注意，你一言我一語地給了很多「指教」，最後圍著我笑：「好奇怪。」

好奇怪。

這句好奇怪究竟指涉何處？我的裝備？我的想法？或是我本身？

腦袋既快速運轉著，也當機地跳出一句句「好想逃」，而臉在陪笑。

……該怎麼去表述那個「好奇怪」和伴隨好奇怪的「笑」呢？是我感受裡的可笑，但於對方或許是一個不經意的評論；是我感受裡的輕蔑，但於對方或許是一個收尾式的結論。

被圍在中間注視的一刻，我忽然想起自己喜歡潛水，不正因為交際受挫嗎？最初希望有一個活動能說最少最少的話，只說需要的話，近來卻因為太多美好的經歷，漸漸產生了錯覺，以為自己能好好地跟人打交道。是不是因為產生了這樣的誤會，所以需要被懲罰？

鉛塊繫在腰上，潛導喊住了我：「下水前有些事情要和妳說。」我想我的臉一定有記得保持微笑。

他滔滔不絕說了待改進的缺失。我知道我拿出的完美，距離這個世界的完美還很遙遠。我一直都知道。

試著調整五官，讓臉呈現受教的模樣。我真心感謝願意指正的他，真心感謝他沒有讓記憶停在「這個不太行」的背後評論。同時間，我也真心地感受到一部分的自己沉到了又深又黑的地方。一邊是「只要多潛就會進步」，一邊是「妳此時此刻就應該完美」。

可能是前一日的暈船，可能是壓力，第二支氣瓶比第一支氣瓶不堪。我卡在深度十二公尺處，耳壓怎麼做都沒有辦法平衡，直接放棄了第三支氣瓶，還有隔日一整天的潛水活動。

愈是振作，愈是難受，幾乎是敗逃地離開了那座島。向親密的朋友發誓，除非必要，絕不再踏入。

我是這樣信誓旦旦。但是，當終於鼓起勇氣讀取出那些好少好少，卻好明亮好明亮的照片，信念動搖了。

照片裡的清澈，喚出下潛時感受到的第一抹水流，冰冰涼涼，安撫臉上和心上的熱痛；海洋生物如被放置在水晶球般重現，暗示相遇的過程裡並不只有難堪。當時沒有發覺的清澈，此刻變得清晰。這裡無疑是至今以來最純淨的海域。

我不忍再繼續讀照片，偏偏目光無法轉移。美留下來了，痛苦還沒有過去。我想我並不真的喜歡潛水，我只是喜歡海洋生物。我不想和解，這樣就已經足夠。自己給自己的生日禮物，也許不過就是一場認清。

卡爾森盤海蛞蝓（*Halgerda carlsoni*）。

眼斑雙鋸魚（*Amphiprion ocellaris*）。

觀音賜的暈船藥

我極易暈車、暈機、暈船，除了〈一件很小很小的事〉之外，還有許多關於暈眩的故事。最近一次在綠島，三種交通工具全暈了一輪，S見我從洗手間出來，兩眼爬滿血絲，笑道：「妳讓我見識到搭乘交通工具也是一種天賦。我如果是妳這種體質，沒辦法從事現在的工作。」確實，當領隊的他若像我這樣吐，肯定無法服眾，可體貼團員身體狀況不是常識嗎？那個喜孜孜的表情怎麼回事？胃很痛，白眼還是要翻，「你就不能說，從這一點可以得看出來我真的很愛海嗎？」S感受到我虛弱語氣裡的堅定恨意，忙陪罪點頭，主動提走一袋行李。

此行出發正值海警前夕，雖然颱風本人

沒來，但他翩翩衣帶已掀起了巨浪，船班因而提早；更不幸的是我後方坐著一位超奔放大叔，一直盡情盡興盡全力地吐，大吐中吐小吐，中間穿插醞釀聲和吐完舒爽聲——整整持續一個小時。

記得以前讀過一篇文章，說嘔吐聲最容易召喚他人來嘔吐，因為洞穴時代一人嘔吐代表全體食物來源有問題，這個說法有沒有被推翻我不知道，但我在自己位置上布下結界，音樂開到最大聲，屏息凝神對抗來自大叔體內噴射的魔物；鬥到酣處，身體一會兒發寒，一會兒發熱，額上漸漸滲出汗來。

著陸後，大概是運功過度，我在民宿陷入昏迷般的睡眠，直到翌日清晨才稍稍舒緩過來，如預定地展開潛水活動……我本來是這麼希望的，然而結界不如想像中強大，魔物趁隙攀進了耳裡，長住於體內，接連幾天身體狀況失衡，光眺望太平洋就覺得傷心傷胃傷感情。

我從來沒有那麼想家，又那麼害怕回家。因為要搭船。

臨行，拜訪了島上的觀音洞，所求無他，一路平安罷了；這個「罷了」，於我是何等的難事啊。我下定決心，一會兒服用胃藥後，就再追加兩顆暈船藥，人生不過就是在吐得昏迷和睡得昏迷中抉擇，一顆不夠，就猛猛地吃他個兩顆吧。喔，對了，差點忘記上回乘船沒暈除了藥物幫助，還聽從網路指示，貼了一塊撒隆巴斯在肚臍上；此法雖是偏方，但死馬當活馬醫，我為此來到了綠島溫家藥局。

「請問有沒有賣撒隆巴斯？其他痠痛藥布也行。」

「妳要貼哪裡？」

我乾笑兩聲，把計畫全盤脫出。未料，溫藥師很是鎮定，頷首淺淺一笑，拿出一個藥罐，從裡頭挑出裝有三顆小藥丸的夾鏈袋，說道：「妳吃我配的。」我被他沉穩自信的模樣給打動，想起推門而入時，玻璃門上強調自家暈船藥有奇效的字樣，還有方才在觀音洞裡，那神明淺淺的微笑。

「那、那你再多賣我幾包吧！」我說。S聞言大笑，但溫藥師與我不為所動。「不然以後買不到怎麼辦？」

溫藥師眼裡滿是慈悲：「會怕對不對？妳吃我的藥，放心吧。」

「那撒隆巴斯還貼不貼？」我追問。

「不貼。」他頓了頓，像是掛保證，「妳搭兩點半的，我和妳同船啊。」我眼裡閃爍著淚光，點點頭，安心離開。

後來那趟船程果真沒有暈，儘管去程和回程的海象並不能相提並論。藥，究竟有沒有效，姑且讓我再試試吧。現在就可以確定的是，觀音賞了我一路平安。

後記：溫家暈船藥如今是我的綠島必買清單榜首，實測過幾次，面對洗衣機一般的海況，也可以穩住百分之八十。

只是還可以成長的人

潛水裝備不便宜，當年下單時曾立誓要鼓起勇氣參團，增加潛水次數；一年過去，我還是個獨行俠。

但不知道哪根筋不對，可能是紹庭的聲線有點像某位劇場演員，邀約說服力十足；也可能是違背諾言的罪惡感累積到了點，以致聽聞Anilao五天四夜潛旅開團，便想都沒想就一口答應。

隨著時間迫近，我意識到這事多麼「逼真」，開始日以繼夜用八百難題考驗紹庭：「Morris會去嗎？」「我很會揚沙喔，要有心理準備。」「感冒了，正在養病！」一則則臉書訊息往返，他的懊悔無奈我看不見，卻能想像他那隻被我狂打預防針的手臂，孔洞多到警方準備約談。

我煩惱過一百零八種狀況，可萬萬沒想到，面對的第一個挑戰，竟是穿防寒衣。多年未穿的五公釐訂製防寒衣，奇緊無比，當大夥在外頭輕鬆著裝，我必須躲在房裡，一點一點把自己塞進去，好似在腸衣裡填入絞肉。不過，正所謂「福禍相依」，歷經防寒衣帶來的打擊，以及不停施力後，上船反而沒那麼緊張。一方面覺得最艱苦的日子已經過去了，另一方面必須把體力留存潛水時使用，無暇再神經兮兮。

潛水是一個個關卡，從穿脫防寒衣、暈船與否，到下海初始的耳壓平衡、中性浮力控制、耗氣量大小……處處皆有令人不安的因子。但真要說壓力來源，於我是「面對潛伴」。由於注定團進團出，我總覺得若自己不能拿出最好表現，就會成為他人負擔：暈船引人側目，又易引發連環效應；耳壓平衡做不來，深度下不去，眼睜睜看著同伴的空氣一大部分用來仰望自己；浮力控制不佳也是動輒得咎，每踢一次蛙鞋，就揚沙揚得「前無古人，後無來者」，驚擾前方海洋生物，干擾後方潛水員視線……如此一番折騰，大概三十分鐘就吸完該吸的空氣，打出殘壓回報手勢，硬生生縮短同伴玩耍時間。

上回在綠島的不幸經驗，更讓我輕鬆不起來。人一生最難的事就是和自己相處，尤其

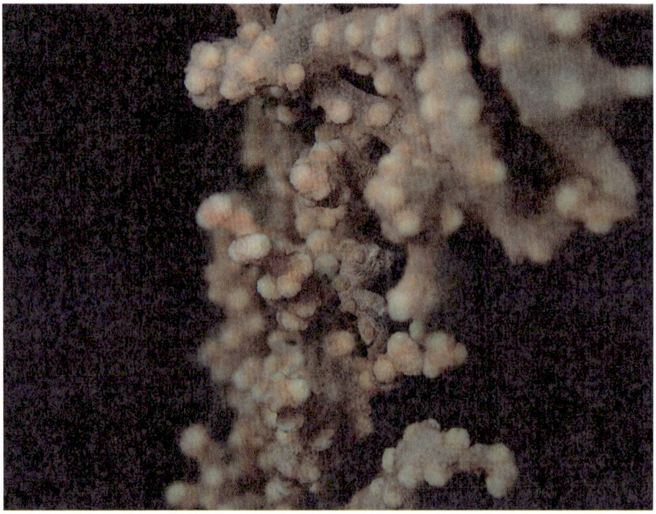

（上）某種躄魚，他們總是極受潛水員歡迎。
（下）綠島教練曾表示我的能力無法看到豆丁海馬，所以相隔半年後，Joel 向我指出豆丁海馬時，心情非常激動；圖為巴氏豆丁海馬（*Hippocampus bargibanti*）。

（上）Joel 正用小探棒為 Leo 指出隱藏的動物。
（下）Anilao 當地教練在白板上畫的插畫，我很喜歡收集這些小細節。

是在潛水時與自己的耳朵與肺相處。好幾次明明感覺健健康康快快樂樂，沒有任何感冒徵狀，可耳朵碰到了水，說不開就不開，如實呈現鄭愁予先生的詩句——你底心是小小的窗扉緊掩。肺也是，都說放鬆才能減少不必要耗氣，它竟背著我偷偷花用，撒氣於海，一回神就到了和海底生物說拜拜的時間。

經此種種，我只好千萬提防自己全身上下，而這樣一個多疑如曹孟德的人，又怎麼會是放鬆的、能把水潛好？

果不其然，第一支氣瓶立刻面對耳壓問題。我一邊持續做平衡，一邊好言安撫，耳朵你怎麼啦？它表面上沒事，但只要往下一咪咪，馬上狠狠痛起來。「有事要說呀。」「沒有啊，沒事。」我戀愛過，知道那個沒事是如假包換的賭氣兼堵氣，卻不知道怎麼化解，漂浮在十米處，哀莫大於心死地望著底下的潛伴們——朋友都去玩了，另一半瞪大眼睛說：「你去啊，我有說不行嗎？」還能怎麼辦，只好望著朋友感覺抱歉，祝福大家玩得開心點，把自己那份也玩回來。

我凝視著潛伴們吐出的一顆顆小氣泡，看它們隨深度提升而變大，在光影下漸成鏡面，一步步映照出我全身……幾乎要說服自己，看，這樣也很好玩啊！這個景色也沒看過呢。但忽然，有個身影衝破了它們。

是潛導Joel。他打出幾個手勢了解情況，並鼓勵我繼續做耳壓平衡。然而，幾次之後還是不行，我愈發燥熱想放棄，不希望他繼續在我身上浪費時間（喔，怎麼有點浪漫起來），可Joel卻扶住我的臉，不疾不徐地按摩顳顎關節，溫和地請我再試試。

不一會兒，耳朵真的在這般友善下完成了壓力平衡。

那一晚，我思索Joel與綠島教練不同的作法和當下感受。捫心自問，面對一個需要幫助的人，在一段陪伴後仍不能達到我的期待，我有辦法像Joel一樣保持耐心嗎？有辦法保持體貼，不讓對方更難受嗎？同時也恍然大悟，那位綠島教練不是不願意，而是他「還沒有能力」這麼做——無關乎潛水技巧，是經驗累積與同理的程度。說穿了，我們都是還可以成長的人罷了。

從紹庭到Joel、到同團潛伴，真切確定自己不會輕易被他人放棄或責怪，我的心定了下來，似乎又懂了潛水的一些什麼。

沒有是一種天賦

S平日兼職領隊，那一回在綠島見我暈船，打趣道：「妳讓我見識到搭乘交通工具也是一種天賦。我如果是妳這種體質，沒辦法從事現在的工作。」當時聽了覺得真是落井下石，事後想想卻似乎有道理。

二〇一七年的元旦，我與心理師朋友K一塊騎腳踏車去潮間帶，到達後各自行動，有收穫就彼此招呼一聲。第一次探索的他很厲害，居然找到一隻大枝鰓海蛞蝓（*Dendrodoris carbunculosa*）的遺體。雖然失去了生物的光采，我們仍忍不住拍下幾張照片留念，目送牠緩緩回歸浪潮深處。我的收穫比較普通，就是一些尋常的海兔，但有大有小，也一一向他獻寶。海兔寶寶迷你可愛，他低頭凝視許久，接著找到的愈來愈大，當我把他帶到一隻可稱為國王尺寸的海兔面前，K終於受不了了，退開一步，告訴我其實對這些軟咚咚的生物「有點不舒服」。

「啊？那之前的海兔寶寶？」「那個很小沒關係，這個實在太大了。」我愣愣地停下來思考，試著以他的眼光看待眼前生物——滑軟多汁，要發掘這東西的可愛，挺考驗觀看角度。也跟著想起，有次S專程帶我去看他家附近的陸蛞

沒有呼吸的他，在潮池中隨浪擺動；圖為大枝鰓海蛞蝓（*Dendrodoris carbunculosa*，又稱突瘤枝鰓海蛞蝓）。

蝓，一指半長、三分之二小指寬，跟海兔寶寶差不多大，但路燈下閃爍著蛆一般的光澤，還是教我的胃縮了一下……那或許就是K的感受，難為他了。

不過，我相信有人特別喜歡陸蛞蝓，就像我喜歡海蛞蝓一樣。也就像當我喜悅滿溢地給同事看眼點枝鰓海蛞蝓（*Dendrodoris denisoni*）時，她只能瞄一眼，因為於我如皇冠般的疣，令她反胃不已；同理，於我而言是展現數大之美的笠藤壺聚落，在有密集恐懼症的朋友眼裡，不管照片或實體都相當可怕。

這些，也許能說是天賦吧。

學生時期，特別羨慕別人的天賦，國英數理這種事關升學的，念兩遍就通，怎不教人忌妒？擅長音樂、精於繪畫、體育超群的，露兩手便得陣陣驚呼，沐浴在眾人的目光之中……就不知道自己的專長是什麼，哪天才能像金庸武俠小說裡的主角，忽得一祕笈、一祕密石壁，三兩下在江湖中闖出名號。

那日S的話使我一震，過去因自我、因外力，追求可見的、可用的天賦，但現在這些自己喜愛的事物，之所以能化作一方自在天地，並非我很擅長什麼，而是我「感受不到某一衝擊」——因為不夠敏感，所以能正視海蛞蝓，不覺得藤壺噁心。我所仰賴的天賦，說穿了是「沒有」。沒有被賦予感受甲的能力，所以可以感受乙。

以前在意自己沒有別人有的，現在則漸漸體會，沒有是一種有。對浪的感受力高，那就暈船吧；對密集的感受力低，那就欣賞生物之美吧。有與沒有，若加加減減成一種幸運，我盡情享受；若加加減減變成一種困擾（如易暈體質），就提醒自己這不是正正負負，是享受了幸運，承受一些困擾，另外還有很多未知可以探索，再來加加減減。

不過，積習難改，縱然更相信找尋生物靠天意與經驗，我和朋友探索時仍喜歡互開玩笑，稱彼此擁有找到某生物的天賦，並依此給予稱號：這個人擅長發現海蛞蝓，就稱為「海蛞蝓之手」；那個每次都第一時間找到扁蟲，成了「扁蟲之手」；而我，目前是「泡螺之手」。

得到稱號的我很得意，探索後的晚餐一直大嗓門道：「我拍的泡螺真是美。」「我是泡螺之手！」「泡螺之手現在要去倒水。」搞得S面有難色——原來，泡螺雖美得很夢幻，發音卻總讓他聯想到皰疹……果然，看待一樣事物，不同感受力帶來不同角度。

密紋泡螺（*Hydatina physis*）。

某種笠藤壺，一顆顆的非常可愛，在水光之下顯現虹光。

帶刺的名字

世上分成兩種人，對名字很糾結的，和把名字單純視為事物指稱的。很不湊巧，我屬於前者，對自己的筆名、英文名如此，碰上新的魚、新的海蛞蝓，更往往非得上天下地找出他的真名。有時光找到還不能滿足，要品評一番——朋友都知道，我至今對「華麗銜鰕虎」耿耿於懷，為什麼這樣的鰕虎會被視為華麗，命名者在之前都看了哪些鰕虎，決定賦予他「華麗」呢？

自己糾結不夠，某次逮到機會，趁著聯副駐版作家答客問活動，我拖了廖鴻基老師下水。他是位令人尊敬且和善的長輩，耐心地回答：「每條魚大概都會有三個名字：學名、中文名和俗名。學名是拉丁文，是國際魚類學者經嚴謹的分類後給的名；中文名或翻譯自學名，或由華人魚類專家給名；俗名則是習慣稱呼，通常是討海人或魚販的隨口給個名，久而久之形成的習慣性稱呼。『華麗銜鰕虎』究竟華不華麗，可能各自主觀不同，重點是，當初給名的魚類專家應該認為他很華麗吧。」

這引發我更深的好奇，開始觀察海洋生物後，發現縱使經過一段「刻骨銘心」的找查過程，終究還是很難記住那些名字；我甚至有個雲端資料夾專門放自己辨識過的魚，三不五時複習一下。然而，人到了現場，往往指著他們：「啊……」啊到人家都離開了也啊不出個所以然，懷疑自己若非初老，就是對海洋生物的愛不夠真切。

廖老師沒嫌我煩，回應道：「我除了記不住人的名字，跟妳一樣，也常常記不住魚的名字。不是因為不愛人或不愛魚，也不是因為年紀的關係，我覺得應該問自己這樣的問題：『為什麼必要記住魚的名字？』為了要當魚類專家？為了解說需要？或只是為了炫耀自己認識很多魚？若這些都不是那麼迫切需要，自然就不會記得那麼精準。我喜歡用『氣質辨識法』來辨認魚種——經由個自的觀察、個自的歸納系統，將他們概略做出分別。記得名字當然很好，記不得人名恐怕將造成失禮或尷尬情形，記不得魚名似乎沒太大關係。

我覺得，對一條魚講得出個自的觀察感受，會比單單記得他的名字更重要吧。」

為什麼必要記住魚的名字？為什麼不必要記住魚的名字？

我反覆咀嚼這個問題，試著推敲自己的執著。

開始寫動物相關的文章時，遇到最大挑戰就是知識性錯誤，有時候是無知，有時候是以前學的已經被推翻。所以，不論面對的海洋生物名字有多長、念起來多拗口，我都堅持自己必須記住，凡提到必將整串名字長長地拋出來……可能的話，我巴不得會拉丁文。

我一次次向海洋索求，一步步將所見之名拾起，放入包袱，以為這樣他們於我就有了生命。

「這是Holocentridae，中文是金鱗魚科，特徵為鱗片很大、很明顯，生物學家基於他的外觀，給了他Holocentridae這個拉丁名；holo有英文whole 全部之意。不過，這魚在綠島上不這麼叫。」一次機緣，我參加了台灣珊瑚礁學會、東管處主辦的海洋生態監護工作坊，碰到魚類專家陳正虔老師。他秀出紅咚咚的大眼魚照，手指著他鰓蓋骨上的棘，「老一輩的漁民告訴我，他們殺魚的時候，一不小心就會被那個棘給刺到，ㄠ——！『海ㄠ仔』，海裡面一殺，會讓人很痛的，成了他的名字。」

他透露自己對魚的俗名特別感興趣，推測「海ㄠ仔」最早也許不過是三五好友聚在一起，一邊聊天一邊殺魚，一個不專心刺到了，於是給他「海ㄠ仔」這個綽號。綽號傳出去，發覺有這樣經驗的人真不少，名字便給定了下來。如果去看他在台灣魚類資料庫裡的其他中文名，如康德松毬、厚殼仔、金鱗甲、鐵甲兵、大目仔等，多半圍繞在外觀的大鱗片，以聲得名的「海ㄠ仔」因此特別有趣。名字的起源大抵如此，不同的生活經驗，令同一種魚在同一個國家產生不同的俗名，而每個背後都有一個故事。

海ㄠ仔，我再三品味這個名字，一個字一個字地有了畫面；我不曾拍攝過這尾魚，但這尾魚卻比那些我只是拍過、找到過名字的魚，都來得閃閃發亮。他在我背包裡活生生的氣息，鼓譟了其他生物，一時之間，那雲端上的資料夾喧囂了起來，一個個期待被賦予愛稱，賦予故事。

Lombok

經過二十四小時的飛行、搭車、轉船，我終於踏上印度尼西亞的Lombok，由早先通信過的Lalu，帶進這一周休憩的小屋。

那是一間樸實的茅草屋，內裡甚至有點兒窄仄，且由於環保政策，燈光曖昧不明，初看時令人些許失落，但我舟車勞頓，實在管不了這麼多。立刻走入浴室盥洗，發現淋浴間竟是石塊堆疊出的露天獨立空間，驚喜之餘，在星空下洗去一身疲憊——哇，真冷！

供電不穩，頭髮怎麼吹都是濕的。正需要一點熱源，Lalu恰好送來一壺燒開的熱水。他知道我與S尚未用餐，儘管已午夜十二點，仍為我們燒水，準備兩份餐具，讓我們用三碗泡麵打發這一日。仔細回想起來，旅行多年，未曾在深夜到達目的地，彷彿來不及看清一切，世界就這麼睡去。

不曉得陽光穿進落地木窗多久，我慢慢伸出觸角，探索這個小島。首先是自己的領地茅屋，其外緣帶著半圈L型的門廊，正門右側放置著一張竹桌、兩張懶骨頭，後頭兩柱之間綁了吊床。我赤足繞了一圈，未塗漆的木地板踩起來極舒服，也注意到周圍栽種著香茅；或許是這個緣故，看見的昆蟲大抵是壁虎、蚱蜢一類，沒有造成困擾的蚊蠅。

接下來，身體彷若有內建系統，操控心靈何時活躍、何時停息，讓最是日夜顛倒的我，過起規律日子，準時享用早中晚膳，在天光下讀書、泡水、發呆。有幾次想勉強身體動起來，回到一種略為亢奮、不辜負休假的狀態，卻怎樣都驅使不了它。難道是因為Lombok是一個快不起來的地方嗎？當整個環境都為「無所事事」服務，將之視為首要原則，孤身的我無法違抗，也是極為自然的吧。

但，這樣會不會很浪費？倘若讓那個辛苦安排假期的我知道，她能接受眼前一片風平浪靜的好海域，我沒有一天待上六到八個小時嗎？然而，一趟「盡興」的旅程，又該是什麼模樣？

回想起來，從第一天開始，這個小島就試圖教人如何過日子。因為夜涼，我得趁入夜前沐浴，也得以見日光灑在身上，與水珠一起發光。晚膳後，我拿著手電筒從餐廳漫步回茅草屋，在即將抵達之際，刻意關閉電源，把黑暗迎回大地，讓夜空領人入住銀河，抬頭即見大犬座。這裡三五步一個涼亭，恐怕到離開前也躺睡不盡，不過，不用擔心或貪心，每一座亭子都是茅草頂，風吹過時都帶著香氣。偶爾，我還能嗅到梔子花。

對了，也該把一些時間用於觀察，看昆蟲來作客（或者，是他們來看我作客）。最在意的是浴室裡的土蜂，他在垃圾桶上築巢，由於過於貼近生活，我略向左邊移去，可是他回來時就慌了，跳著「巢呢巢呢」的舞，所以我讓步了，又向右移回去。還有一個下午，我把書擱在腿上，發現草叢裡藏著一尾小蛇……在這裡，若還想有所保留，千萬不要隨意張望或凝視四周，你會得到表象之外的東西，卻沒有準備好收下；被自然包覆，是一種近鄉情怯，你感覺有一扇門必須打開。但，那扇門究竟在哪？

因此，有一晚我對Lalu說，很想突破這樣的困境。Lalu回我，那就來喝他調的酒，保證有被打一拳的感覺，什麼感官都開了。

「那很好。」

「妳想被打一拳？」Lalu不可置信地笑。

「對，我想要感受不一樣。」

半杯之後，人生難題暫時都不是難題了，我只要思考怎麼穩妥地走回房間。

醺醺然摸黑倒在床上，那夜我無夢地入睡，直到夜裡下起大雨，惶惑間居然以為會和世界撞上。雨一直一直下，索性起來讀書，用外廊昏黃的光去另一個時空；旅行中讀書和往日特別不同，是戲中戲的旅中旅。再次意識到下雨，其實它已經停了一會，是後頭的山先「唰——」起來，雲氣才飄來上方，在眼前滴答。

我忍不住發訊息給在台灣的朋友，哪怕

不曉得陽光穿進落地木窗多久，我慢慢伸出觸角，探索這個小島。

現在他們讀不到，我也想告訴他們怎樣在這裡體驗了自然。一個都市人的Lombok驚奇。當然我也曾在鄉間住過，只是「鄉」的程度不同，動植物組成也不同。無論如何，這裡值得他們一訪。

大概我那赤血熱忱讓Lombok想給我更多吧。再次睡下，耳際傳來陣陣風扇運作般的電器聲響——可這裡沒有那麼多電器，S堅持是某動物。接著，雨停雨下，我也夢進夢出。最後，是S把我徹底搖醒，說：「妳聽，床頭後面的牆有東西在挖土。」用睏倦中能發出最惡狠狠的語調回答他：「在他挖到我枕邊前都不必告訴我。」那一瞬間，深刻領悟，自然是一種「淺嘗愉快，多了上火」的東西；特別是，清晨時分響起的「gec—ko」，不明生物與他不明的呼喚，由遠而近，不斷不斷gec—ko、gec—ko、gec—ko……什麼東西叫成這樣？終於一天S跳下去尋，未果，我瞪著天花板，想起美劇《六人行》裡瑞秋被雞啼吵醒，質問莫尼卡：「Is that you?」也很想這樣質問S。「可能雨下得大，所以來躲吧！那就是他說excuse me的聲音。」好吧，雨真的很大，我可以接受這答案，不過好歹讓我知道聲音的主人。我們去了唯一有網路的餐廳，找足關鍵字搜尋——啊，是當地的大壁虎。

後面三個晚上，我完全適應了周遭的白噪音，能一覺到天明。不，這麼自以為的時候，凌晨三點我醒了，因為神祕掘土聲又出現了，而且這次真的幾乎在枕邊；幸好，是S的那一邊。

掘土之音混雜某種固體撞擊聲，比起恐懼不適，更令人好奇這動物若挖的是屋下的土，要是怎樣的身高才會碰撞到建物？一定不是一般的鼠類。會不會是一種我根本不曾看過的生物？看見的機率很小，但人被引逗，跳下了床。

唰唰，唰唰，我拿著手電筒外出搜索，直覺這聲音很熟悉。與其說有動物在挖土，不如說……心中浮現幾日前環島所見的大傢伙們。深呼吸一口氣，我照向屋後，瞬間笑出來：三個大個兒六對眼睛在夜裡反光，正是我猜想但不預期的動物，牛。

本該在柵欄外、不被允許出入此地的牛，一夜夜不知怎麼找到縫隙進來，卻又再小心也防不了頸上的鈴。而那掘土的聲音，正是他們隔著一面薄牆吃草，透過土、木樑、竹床，最終穿透我的夢。

我沒有把牛和自己的祕密洩漏給Lalu，只在離開前告訴他：「我永遠不會忘記在Lombok的時光。」Lalu笑著搖搖頭，覺得他並沒有給我什麼。「永遠」確實是一個很重的詞，也因而得以形容這份記憶。

旅行過許多地方，首次體驗到一個好的空間能帶給人豐富感受。而且，我的身體比想像的還要「有機」，它原來也是會回應陽光、空氣、水，以及周遭許許多多生命的。它以動物的模樣顯現，同時暗藏著植物性。

「我想要妳留下這個，作為紀念。」Lalu拿出一個盒子，遞給我一枚打磨過的貝殼墜子；黑底，中間閃著白貝光澤，如同一顆眼珠，瞳孔裡映著三道爪痕。

無疑的，是一枚「龍之目」。

Lombok，印度尼西亞小巽他群島中的一個島嶼，台灣譯作「龍目島」，何等的巧合。

（左）在天光下讀書、泡水、發呆。
（右）不明生物的真面目是壁虎，很大很大的壁虎。

禮物藏在最上面

「如果有什麼話想對爸爸說，他現在還聽得到。」

葬儀社的先生一邊叮囑，一邊把擲筊的兩個十元交到我們手上。但姊姊搖頭，沒有伸手，那位先生於是把錢幣放在燈座下。法師與葬儀社的人員都離開後，姊姊與媽媽坐在外面，我一個人和爸爸聊天。

最後丟給他的訊息，除了幾張翻拍電子書的螢幕截圖，就是自己剪輯的潮間帶影片。他用的是WeChat，看不出已讀與否，此刻只好用擲的。先說明在哪裡拍，再說明是什麼生物，其中有一種還是兩年前才在期刊中發表的新物種。爸爸，你能想像嗎，就在我們尋常可到的海邊，一直存在著我們一點也不了解的生命。

我每一個筊都有回應，又快又順，好像能聽見爸爸有點敷衍地回應，喔喔這樣啊，似乎連內心話都一併洩漏了，真沒想到當時沒回妳，現在還是得回。

然後，我就沒有什麼話要說了。

爸爸其實比較想要兒子，或許因為這樣，他對我們的教育方針反而挺「平權」的。儘管摔倒不能哭，過年要衝鞭炮陣，人生許多時刻不准示弱，但也從小就被教導怎麼爬樹，如何接近海洋，一起上山找蟬殼，一起在海水浴場的警戒線徘徊——那是最深的地方，最能訓練膽量。不過，他也幫我拍過一張側躺在淺水區、以白浪為背景的人魚照，他很得意，放大沖印裱框，那一年我九歲。

我二十九歲的時候，試著重現那張照片作為他的父親節禮物，順便壞心地重啟那個「比較想要男孩」的話題——看到你女兒出落得水靈靈的，應該多少有點得意吧。雖然他的說法不變，且認為這麼一張照片我花這麼大心力去拍，實在不如當年（他自己想像中）的他，我卻有了新想法：即使你真的有個兒子，也不見得能比我強啦。這件事情便慢慢放下來。

也許，一開始就沒有很放在心上。不論爸爸曾經怎麼說，可能真的我是個兒子一切會有所不同，但到底在愛這一塊上，我得到的不算少，哪怕沒有多。既然我不可能去經歷作為他兒子的一生，現在這樣就好了。

給一份讓人驚喜的禮物是困難的。時近耶誕節，我想起童年的冬季，家裡總會擺出一棵耶誕樹，縱使沒有相關信仰，二十四日我與姊姊睡下後，它仍會自行生出禮物。我曾天真相信有個帶來禮物的他者，不一定是耶誕老人，但絕對不是我爸媽。所以，我睡前必會在家門口放幾個塑膠袋，認為只要此君摸黑走過，踩踏的沙沙聲響必將我喚醒——直到我知道那就是爸媽，甚至找到他們藏禮物的地方之前，塑膠袋都是隔天好好地摺疊放在桌上，我根本睡得天搖地動也喚不醒。

禮物藏在他們的臥室，白色衣櫃的最上方，要用椅子加高才能勉強勾開之處。我不記得自己如何發現，但發現以後就常常去欣賞我未來的耶誕禮物。那個櫃子實在太高，我實在太矮，怎麼偷看也只能看見一小部分，當天拆禮物仍是一件充滿期待與快樂的事。

爸爸常年在外工作，那些禮物在那個年代是台灣少見的，不是玩具反斗城就有的。可回想起來，那些禮物也不盡然都適合台灣，有些根本設計給有庭院的家庭，像是美麗嬌小的精靈被放在座台上，一按便飛起來，加點想像力就像蒲公英種子一樣飄盪，只是她沉，很快就跌在不是草地的瓷磚上，發出不可愛的堅硬撞擊聲。

然而，似乎再沒有一個人能像爸爸這樣教我驚喜。我在朋友圈中出了名的難伺候，明明一起郊遊時對大自然的一切毫無保留地讚嘆，貌似感受力強，但到了人情上要情緒奔流的時刻，忽然就壓抑起來，有時還連這個壓抑都不給人家，

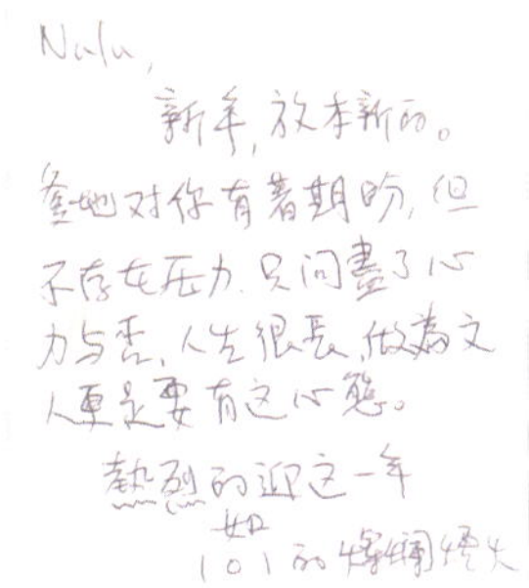

紅包：第一次得文學獎時，我在做自由業，非常窮，爸爸以此名義另外包了紅包給我。他過世之後，我知道再也不會有人這樣對我。

字條：2019 年重整心情整理房子，找到爸爸某年留給我的字條。能持續寫作，他的鼓勵是很大的原因。

上周聽說我想要什麼，下周就看見我買好了。這一點，不知道能不能怪爸爸？他若不是把我對驚喜的胃口養大了，就是把我的獨立養太大了。

當然有可能爸爸就如姊姊說的，是一個很會和孩子相處的父親。滿七前一天，姊姊告訴我：「當媽媽後，我和妞妞的互動都是仿照小時候爸爸給我的回憶；他是很會陪小孩子玩的大人，很會講故事，我現在跟妞妞講故事，就是他以前跟我講故事的樣子。」

那我呢？我有一個時候看起來像爸爸的孩子嗎？

告別式那天，本以為不會出席的長輩來了，我謝他，他告訴我：「沒什麼，想到以前妳爸帶我們四處去玩。」

感到沮喪的某個深夜，收到幾位平輩的臉書訊息，他們把記憶裡的我爸爸告訴我，說他怎麼樣帶著大家去玩，甚至以「好酷」來形容。

兩天前，姊姊五歲的女兒妞妞來電，先稱讚我買的一樣東西很特別，然後問我：「妳為什麼一直去好玩的地方睡覺？」媽媽幫我翻譯，大概是她來家裡的時候常常沒看見我，又聽大人們說我去旅行了。而寫作的這一晚，剛與幾位朋友分開，在玩了四個小時的密室逃脫後。這群朋友裡，有人和我一起探索過春天的綠島潮間帶，有人和我一起潛入夏天的美豔山；我有滿腔的愛想要抒發，不管都市山林或海洋，而她們都願意接納。

答案似乎很明顯了，可我不在意。我一直在收禮物。

紅月之海

——那次的潛水離死亡太近，近得我必須藉書寫來看清背後的意義，但也近得我不能為「我」，選擇了第三人稱來敘述整個事件。

第一支氣瓶
下水時間：09：47
最大深度：17.0公尺
潛水時間：46分鐘
水溫：22度

「數到三，敲開牠。」

當她終於明白他的手勢是這個意思，已經來不及了。

他舉起手掌大的蚌，在她面前作勢揮了三下，一個OK手勢後，便無視也無法理解她左右搖晃的腦袋，將那顆蚌往石頭上砸去。

水中揚起一陣沙塵，蚌仍堅守著，他調整角度，再度將蚌擊向岩石。一次、兩次，當他轉過身，原本飄逸著裙襬的蚌，不僅被侵門踏戶地扯開，蚌肉也教他徒手撕碎成一片一片，在她面前緩緩升上海平面。

她下意識伸手握住逐漸飄散的蚌肉，看他繼續剝開那前一秒還充滿神祕的蚌身。最後，他拿出潛水刀，將貝柱割下，在潛伴們面前展示。

為的是這個。

她不忍凝視，卻低頭看見光禿的蚌殼內裡閃耀光澤，灰黑帶粉白，藏著一點目眩的藍，只有蚌才有。隔著手套，摸了摸。剛剛還活著的，這一刻還未完全死去，亮著。

面鏡裡的雙眼忽然熱了起來，供氣的二級頭被她吸得發出劇烈的嘶嘶聲。心念已動，殘壓表上的剩餘空氣開始急速下降。

她打出手勢，全隊被逼著一起往回走。他把自己的備用二級頭塞到她手裡，給她用，要她「共生」回到淺灘。這是她繼考照演練後，第一次與人共生。叼著不屬於自己氣瓶的二級頭，魚上鉤那般可恨又無奈。

她大口大口地吸著，為了平復心情。還有，把他那一份吸光。

第二支氣瓶

下水時間：14：25
最大深度：8.6公尺
潛水時間：49分鐘
水溫：23度

他們說她配重太重了，所以老是掙扎。這或許是就事論事，但她只聽見他們口中的自己像有點錢、有點閒，帶著三腳貓功夫闖江湖的官家小姐。

討論後，她從腰際上拿掉兩顆鉛塊，改在防寒衣兩側口袋裝入石頭。

石頭是他選的，看著他仔細確認她的配重，像日本妻子在丈夫出門時，再次確認領帶是否繫好，是否帶了便當。

「路上小心。」妻子目送丈夫出門。

他開始導航，領著三人看了一些魚、一些珊瑚，那些都美麗也都無趣。昨晚他說之前因為寒害，島上北面的珊瑚幾乎全死光了，要幾年才可能復原，只有南面的珊瑚勉強還可以。她看著相對過去潛水經驗不算是太美，也不至於太糟的珊瑚，為什麼要來看這「勉強還可以」的珊瑚？而他那時的表情是如此得意。

然而，接下來他們就看見廢棄的漁網塌在珊瑚礁上，且因時間與水流深深卡入肌理，勒著珊瑚纖細如頸的部分。她想都沒想就停下來，像為女孩子處理卡住項鍊的頭髮般，細細拆解。可是漁網纏繞得實在太緊了，正當她張望尋找一個更容易的切入點時，一陣沙塵捲起，她聽見植物被連根拔起的聲音。原來，他抽出了潛水刀，一鼓作氣把網線割斷，大力扯下。隨著他的舉動，那些本可以脫身的細小珊瑚也全被拽下來了，懸浮在混濁的水中。

清晰的撕裂聲取代了呼吸聲，她愣愣地看著他將拆下的漁網疊起來，好似一團無害的棉被。

她低頭確認殘壓表，還要十幾分鐘才會結束，估量自己沒有能力帶著漁網到最後。他之後會找時間下來處理嗎？想起他出發前對珊瑚礁的得意神情，不確定此刻的心情是同情或參雜幸災樂禍。

沙塵漸漸沉澱，她跟在他身後，又看了一些魚，一些珊瑚，那些她都沒有很放在心上，直到最後他帶他們來到一整片藍色珊瑚礁，進行上岸前的安全停留。

這次她非常專心，那整片的藍色珊瑚礁像是一道謎題，完全吸引了她的注意力。世上竟真有這樣一整片的藍色珊瑚礁！她一直以為這是屬於深海的，屬於龍王的，屬於世上任何一個更乾淨友善的小島，但絕不是自己身處的這個。

可是，一陣陣細碎的聲響奪走了她的喜悅，那是蛙鞋撞擊造成斷裂的聲音。她從大喜到大驚，自己原來不比漂流的廢棄漁網好到哪裡去。她沒有時間嘲弄誰，最後上升的幾公尺，想的全是自己作為一名潛水員，比起把漁網帶上岸，不如再也不要下水。

隨著上升，水淺了，半自願半被動的，他們跟著浪來到岸邊。他一口氣躍起，走到無浪的礁岩區卸下裝備。她扶住岩石，身子沉重，但她知道在脫離危險的碎浪區之前，必須堅定且謹慎，趁著浪退去的一刻，趕往淺灘。

這不是她遇過最大的浪，可是腳下的岩石不是長滿藻類濕滑，就是大小碎石參差。走左邊吧？一步的遲疑，她聽見浪頭奔來，看見腳下砂石被浪的前奏極速捲走，瞬間，她已被白浪狠狠拖入水中！

她雙膝一跪，連完蛋都來不及想，下半身就被捲入……而上半身，全賴著他恰好在這一刻拎起她的氣瓶，那個最重最該死的玩意兒，穩住了。

海浪只成功帶走她的自尊。

第三支氣瓶
下水時間：20：09
最大深度：10.1公尺
潛水時間：34分鐘
水溫：22度

「要夜潛嗎？」昨晚他問。「夜潛是我最有自信的項目。」

仰賴星光與月光、漁船與燈塔，在昏暗不明的狀態下潛入黑色的流水，她不知道自己是否願意。可是，她知道，有的魚在夜裡休息，有的魚在夜裡行動，那些都是白天沒有辦法看到的。

隔天下午，兩支氣瓶之後，她好後悔當時欣然點頭，但又拉不下臉也不甘心只有其他人看見這片海夜裡的模樣。

在後悔中，載著潛水員與潛水裝備的小貨車，緩緩往海岸行駛。島上人很少，車更少，她坐在三面開闊的載貨區，看見月亮尾隨在後，發現相較剛才著裝時，它正一點一點隱沒。

今晚是月食，被黑影吞食過的月球，染上了暗紅色的光澤。自小學畢業，她好像再沒有看過月食。她有點訝異，月食一直進行得如此緩慢嗎？還是小時候的自己有更多時間去等一顆星球吃掉另一顆星球？

他主動說要為她把裝備拿到離入水點更近的地方。她用手電筒照了照前方，心涼了，他所謂的入水點根本不是一條給人走的路，是即使沒有背負裝備都得手腳並用、不時曲身的錯落礁岩。

她雖是好強之人，但這次選擇欣然同意。饒是如此，只拿著蛙鞋的她，依然覺得永遠到不了海岸。她走到一半就想放棄，可是裝備都給人拿了，她不能回頭。

夜裡的海浪看起來特別兇猛，她拿著蛙鞋，吃力舉起一腳，就在要套上去的剎那，一個大浪鋪天蓋地將她吞沒。她擔不住氣瓶的重量往後倒下，眼前滿是氣泡。所幸，雙腳還被礁岩卡著，沒有整個人滾落海中。一秒之內，浪又厭惡地把她吐出來，但一手的蛙鞋已被沖走。

「蛙鞋被沖走了。」她聽見自己大喊，心裡卻比語氣平靜。少了一隻蛙鞋，現在可以不用潛水嗎？她很喜歡那雙藍色蛙鞋，但用一條命去換也值得了。

「在我這，妳先過來。」他說。

她吃力地走向他，兩度被浪頭掩蓋，朦朦朧朧中聽見他大喊：「二級頭復位、二級頭復位！」像戲裡那樣急迫。

她沒哭，只是讓大海洗心革面了，茫然聽從他的聲音，把二級頭塞入口中。

他沒讓人太失望，雖然選了這個簡直是潛水附贈攀岩的點，到底拉住了被浪打到自己身邊，又差一點錯身而過的她。他抓著她的後背，讓她慢慢把蛙鞋扣上腳。

面鏡裡都是霧，她一點也不怕黑了，反正橫豎看不清楚。

不怕了，她跟著他們下潛。

她亦步亦趨跟在另外三道光源左右，偶爾因為貪看某些生物而分心，落得獨自一人明亮。她左右張望，最後熄滅了手電筒，在全然的黑暗裡找回發光的潛伴。

為什麼內心還是隱隱不安？是因為才調整好浮力，就撞見突然竄出的、穿戴一身粉橘、粉綠，乍看毒瘤滿身的蜘蛛蟹？或是此刻比白天更強勁的水流，讓她又浮又沉？

而且，因為跟著的是光源，不是潛水員，她常常不知道他到底要上哪去。他鑽入近乎洞穴的地方，是因為這是此行唯一的路，還是在找尋他們會感興趣的生物？她幾次跟著鑽進去，又狼狽退出。他看不見她，來不及保持的距離讓蛙鞋不時落在她的面鏡上，打出縫隙，灌入海水。面鏡排水做了又做，裡頭仍不是水就是霧，看不清楚眼前的事物。

不過，當他領著他們看一隻有手臂那麼粗大、沉靜如熟睡的血紅六鰓海蛞蝓時，她第一次想，跟著他並不全是倒楣的事。他伸手把海蛞蝓拋起，那半透明橘紅的身子，在他們四人的光源下動了起來，花般的次生鰓，擺盪如西班牙舞孃，婀娜了這一夜漆黑的舞台。他們看呆了。

接下來，他真如所說，展現驚人的找魚本領，中華管口魚、龍蝦、烏尾鮗……幾乎都可食。像是早就熟悉捉迷藏的鬼，牠們背對著他，渾然不覺。她起初覺得可敬，後來卻是可怕。

而那隻青衣正是如此大意。一開始，他確實除了指出位置外，不做他想。但，一個念頭襲來，他兩手不懷好意地停在青衣身後，在她明白意圖前，已握住青衣尾部。他的陰影覆蓋了青衣，過程激烈但短暫，不到幾秒鐘，他游開了。隨著他揚起的蛙鞋，她的眼前飄落一瓣魚鱗，半透明、微綠。青衣窩藏處，空了。她追上他，在他周圍打量，看不出他究竟把青衣藏在哪？逃走了嗎？

可是，她很快就沒時間為青衣擔憂，她的殘壓表來到八十bar，距離上岸預留的五十bar已非常接近。她打起手勢，他點頭，帶領眾人回程。

海面上與海面下同樣不平靜，浪況極差，他們沒有時間選擇更好的出水點。遙望著當初的入水處，他指揮男潛伴先靠岸，當那人一踩到礁岩，立刻展開下一波大浪來襲的倒數。接著是他。最後是她跟另一個女孩，不得不等待來自陸地的協助。

她懷疑這樣的分配，肯定自己只要稍微懈怠，立刻就會漂到外海。不過，她錯了，海流正全力把她們打向岸邊。不費吹灰之力，她們同時漂到他們剛剛登陸的地方。然而，想要就此抽身，沒那麼簡單。

上岸，要算準時機。她緊抓著石壁、緊咬口中的二級頭，繃緊全身神經忍受機會來前的浪潮摧殘，眼睜睜看著自己被拉扯出弧度，雙腿失去知覺。不能鬆手、不能鬆手、不能鬆手……海流的力道愈來愈強，纏上了她的腰，就要攀上胸口，那無數的手。不，不對，大海的力量不是抓交替，這一刻她才明白，那是葫蘆，專收精怪的葫蘆。她的形體被打散如煙，要被吞進葫蘆裡……

不知道過了多久，也許連五秒也不到，她真的不知道，但浪重新滿回來了，一股浮力擁起她，他抓緊時間，逕自脫去她身上的裝備，她甚至不記得何時吐掉了二級頭，BCD怎麼卸下，雙腿如何從鰭變回腳。但，她上來了，走了兩步，跪坐石上。

他們為她把裝備拿回小貨車，她抱著那雙同樣倖存歸來的藍色蛙鞋半爬半走，回到車邊。

「月食結束了。」她抬頭。

「都是月亮惹的禍。真的，碰上月食，海象很怪。」他接話。「剛剛水下簡直像洗衣機，我就想上岸不妙了。」

她再度坐回三面開闊的載貨區，他從防寒衣口袋丟出一樣東西到她腿上——那一尾青衣。

「徒手抓的，公平吧。」拋下這話，他上了駕駛座。

小貨車搖搖晃晃，月色再度潔白明媚，她兩手抱起那尾青衣，肥肥胖胖的，魚鱗服貼，不滑溜也不乾澀，剛剛還活著的，這一刻已死去，屬於海洋生物的光澤正一點一點蒸發飄散。

回到潛水站，他蹲在水槽邊俐落卸去那一身魚鱗。她看他對剖，看他清肚腹，看他道地的漁夫手法，快得不可思議，海洋的夜襲者。

他囑咐她梳洗後來吃魚，她在月色下緩步回房間，手上還沾著青衣的氣息，拿起手機，一滑，新聞跳出「五百年只有三次，連環四血月降臨」。她沒點進去細看，倒是開啟了Line，想著該告訴誰剛剛發生的一切。想來想去，她關上了手機。

極新鮮的青衣被他做成紅燒，滿浪費的。她喝了兩罐啤酒，吃了兩口魚肉，醉眼迷濛中，想起自己差點死了，這青衣卻是真正死了。她貪圖未知，深潛入海，但青衣可是規規矩矩地活著，規規矩矩地睡覺。

自己差點死了，因為貪圖未知，青衣真的死了，卻是因為規矩活著。

她沒有胃口，但她同意這一條魚可以吃，像用一部分的自己換來的。不過，他當然不知道她這些想法，她始終不是那種下過水後會變得好說話的潛水人。

沒關係，他一個人也能滔滔不絕，正說著帶哪些潛客絕不能抓魚，潛水生意不如捕魚好賺，一切為了理念，並自我作結：「很多事情難說對錯。」

很多事情難說對錯，筷子翻出青衣燒紅的雪白內裡，這一刻，她才發現自己其實並不能決定魚可不可以吃。

海平面之下，海平面之上

〈紅月之海〉獲獎刊出後，我轉貼到自己的臉書，W看見了，留言道：「這是我期待已久的分享嗎？」

W是那時期的我，唯一一個潛水後加臉友的潛伴，但並非為濃厚的情誼，而是順勢而為的結果，一如系統「點頭之交」的分類。不過，我們所一起面對過的，其實又多過那輕描淡寫的四個字——W正是〈紅月之海〉中的潛伴，我們一起潛了三支氣瓶。在潛水課本裡，潛伴就幾乎是生命共同體，海下彼此的依靠。我們更一起面對了那夜的紅月之海。

當時一共四個人，兩男兩女，兩男是教練與助教，而W雖然與我同是休閒潛水員，但潛水次數是我的數倍，就連一般人難以購得的昂貴重裝都買了，足見她對潛水的認真。除此之外，她平時還是消防隊義工……以前有人覺得我的生活不可思議，覺得我的氣質和具有挑戰性的潛水活動不搭，可看到了W，我就知道自己是冒牌貨，只是懂得書寫而更能顯得傳奇的人罷了。

我對W懷著特殊的情感，她某部分的特質吸引了我，但要果斷地說「我想成為她」，又不是那麼一回事。我在她身上看到別人眼中的自己、看到我想讓別人看見的自己。W一定不曉得，短短三支氣瓶裡，我海象多變而奔騰。

我無法處理她，無法把她安放在心裡任何一個位置，就算在〈紅月之海〉裡亦是如此。然而，我骨子裡知道，她或許才是我的月食，在我心上留了一抹暗紅色的陰影。

過去我所描寫的潛水經驗裡，很少涉及潛伴，幾乎只描述潛導，不僅僅是因為我沒有固定潛伴，更多時候，是我找不到同樣有時間、有意願為潛水投入心力的人當我的潛伴。潛水畢竟不像KTV，不像郊外踏青，它要能承擔一點「什麼」。

在W出現之前，我常是潛導唯一要守護的公主，即使偶爾遇上比較多人的團隊，我也總能幸運成為出色或不需費心照料的那個。後來，我發現自己也許陷溺於追求肯定，使得

「在潛水中扮演什麼角色」，變得格外重要。回頭去看、去想，自己對某些經驗的描述，往往有濃厚的「我」，捨不下的「我」，這和寫動物時很不相同。描寫動物時，「我」對我來說沒那麼重要；但有他者、有其他人，我就無法控制地為自己打分數。我不在乎其他人潛得如何，但我要求自己不能是個累贅；遇上累贅我不會生氣，可是我不能是累贅。

目前潛伴最多的一次，是在大堡礁，不加潛導的六個成員裡只有一個香港人，其他盡是白人，是看起來更能聽懂潛導英文的白人。我沒被殖民過，但我的潛意識有，覺得英語和潛水都和白人的關係比較深厚；因此，當我分配到的德籍潛伴連下潛都做不到的時候，我愣住了。很糗，但潛水員真的有怎樣都平衡不了耳壓，只能讓所有潛伴望著「高高在上」的你的尷尬時刻。我應該沒有幸災樂禍（我希望），可確實因著華人女性的嬌小與貌似年幼的外表，增加了對自己潛技的信心。

那次之後，就是〈紅月之海〉的潛水經驗，我被大海火辣辣地打了三巴掌，我莫名的羞恥感又再加三大板打在自尊心上。看著W，看著教練誇讚到不行的W，那是我從來沒吃過的敗仗。沒有人跟我打仗，但那就是以前我扮演的角色，那麼理所當然，理所當然地把誇獎當作客套讚美納入回憶裡，不特別為其著色。不管怎麼說，我都不應該是扮演現在這個角色，這個有點錢、有點閒的官家小姐。我就算是官小姐，也應該是玉嬌龍。

然後就這麼過了半年，這半年我不停地運動。聽起來陽光，可更多時候我是帶著雪恥的心情默默出入健身房，壯烈得莫名其妙。

一樣莫名其妙的，是半年後W一句留言，依然在我心中無法歸類、處理。我不知道要簡單地謝謝她的關注，還是認真回應什麼。最後，我貼了圖。此後，這個和我生命曾有過但又並不真的有過深刻交集的女子，就又盤據上我月黑風高的心頭。

奇怪的是，我想起了A，想起曾經和我一起前往小島學潛水的A。她在她的初階課程裡挫敗，我在我的進階課程如魚得水。課程提早結束的時候，我會在水面休息站等她，在她浮出水面之前，先幫助和她同批的學員們，接過他們的蛙鞋，幫他們扶住氣瓶與BCD，甚至拉他們上岸。教練縱容我給予幫助，助教喜歡這個和他們一樣熱情的女孩。我很好。我喜歡自己。

A的下潛和上升都不順利，她總在三公尺處就暈浪，想吐吐不出來，一次下潛失敗會在水面待上十幾分鐘（她沒有力氣爬到比較平穩的休息站），一次潛水結束的上升，則要倒在休息站近乎三十分鐘（她非得上休息站，要換氣瓶）。潛導無力照料她時，把她交給了我。我同時是她的翻譯與潛水助教。我喜歡自己。

對不起。

在W面前，我不過是另一個A。當W告訴我，我潛水時習慣抬起上半身，會增加水阻，我壓抑著被教訓的錯愕，隔了幾個小時後，想起來似地告訴她：「大概因為我早期潛水是為了工作，都在刷池子，都要立著身子。」這也許是解答，也許不是。可是有一件事我很確定：W沒有要教訓我，教訓這個詞是防衛。我也注意到，W聽完我的說法，沒有再給我任何建議。

W究竟是用什麼心情讀完〈紅月之海〉，或其實沒有讀，我曾閃過一絲不安。貼出的時候，我心已有猶豫，但認為不會被關注。看見留言後，我心幾分涼寒，我知道我們所看見與感受的大海，到底不是同一片，哪怕我們同一時間、同一深度下潛。幾天後，我登上W的頁面，她看起來沒有分享（或我們的友好程度不足以讓我看見所有面貌的她），我有點空虛，「什麼」丟進海裡，有過漣漪，下沉，靜靜的。又過了幾天，W的認知已和我沒有了干係。我們的生命狀似曾經被綁在一起，終究在那一夜經歷了完全不同的風景。

我總以為，藉著一次次的下潛，我可以令劣根缺氧，用鹽分阻撓它成長；我總以為藉著下潛，我的生命會因只剩專注呼吸，而重回純粹；我懷抱種種癡夢，卻終究發現自己跟著自己下潛，海平面之下，海平面之上。

______的 動 物

輯二 交出眼睛

尋找長尾鯊

考取進階潛水員執照後的一周，我迫不及待來到Malapascua，進行人生首次超越十八公尺的深潛，一探那藏在海洋深處、傳說中的「長尾鯊」。

在距離Malapascua約二十分鐘船程的大洋裡，有一群長尾鯊在此生活，他們幾乎固定每天早晨從深海上升至海平面下約三十公尺深的地方，讓清潔魚為他們進行「晨浴」，吃掉身上的寄生蟲與死皮，然後再次下潛。這是清潔魚飽餐一頓的好時機，也是潛水員大飽眼福的時刻。

為此，我在抵達小島的翌日清晨四點半來到潛水店門口，整理裝備，聆聽行前說明——儘管如此觀賞長尾鯊已行之有年，但與野生動物打交道仍有一定危險性，所以老闆再三交代絕不能超越海下設置的警戒線，也絕不能使用閃光燈拍攝他們，保護自己也保護長尾鯊。

此外，根據每個人的體質不同，深潛對潛水員也有不同程度的影響，有的會難以平衡耳壓，疼痛不已，有的可能出現「氮醉」症狀，像喝醉酒般莫名開心、手舞足蹈，甚至把自己的二級頭拿下來，放聲高歌……這些在陸地上都嫌瘋狂的舉動，在海下更是十足危險，所以只要下潛過程中感到些許異樣，都必須立刻反應。

說完注意事項，老闆又和我確認幾個水下溝通手勢，這才安心把我與潛導送上船。五點半，天空微微亮起，啟航往日出的海面前進。

潛導一路上滔滔不絕，了解我過去的潛水經驗，也把注意事項又說了一遍……理論上應該愈聽愈明白，我卻是愈聽愈惶恐，不知道為什麼，他的英文明明沒什麼口音，我竟聽得十分吃力。不同於與老闆對話，現在一大段話裡我只能抓到三成意思，腦袋更是無法控制地進入了「面對英語模式」：傻笑、點頭、說ＯＫ。

媽啊，我考取的是進階潛水執照，可不是進階英語執照呀。

經過數分鐘的當機，我深吸一口氣，調整心情，彷彿為腦袋按下重新啟動鍵，改用自己的話，一句一句複述，與潛導核對、確認。幾次之後，有些弄明白了，有些還是聽不懂，只好在他飛快的英語夾縫中，趁著他換氣的那一秒，問出最簡單也最重要的問題：「So, you will protect me, right?」（你會保護我，對吧？）潛導一愣，大力點頭，終於說了一句我聽得懂也最重要的答覆：「Yes.」

喔，那我們就可以下水啦！

七公尺、十二公尺、十八公尺，到了二十多公尺處，我與潛導確認彼此沒有氮醉反應，繼續往下，來到目標三十公尺的賞鯊區。賞鯊區以一條長長的繩子分隔兩界，微調浮力後，我跪在那條繩子前，祈禱般靜候長尾鯊的出現。雖僅僅是一條線的區隔，另一端海域看來卻極深極藍，是真正的「大洋」，沒有方向，沒有盡頭。魚類三三兩兩穿越那條只對人類存在的邊界，朦朧中有了暗影，「誰」正逐漸靠近。

我想起老闆說每天只有這個時段長尾鯊會上來讓小魚為他清理身子，隨後下潛到我無法追隨的深度。無法追隨的深度是多深呢？長尾鯊要花多久時間才能抵達這裡？我感覺自己成了灰姑娘，這一身潛水裝備就是玻璃鞋，偏偏王子遲遲不出現。深度影響耗氣速度，潛得愈深，用得愈快。我瞪視著遠方，一度找到了一個最形似的身影，慢慢向我游來。然

（上）清晨五點半發船。
（下）海下三十公尺，什麼也沒碰上。

而，來不及細看，影子便消失無蹤。

天光一點一點穿透海面，內心響起午夜的鐘聲，我明白看見他們的機會已從老闆口中的百分之九十九來到了百分之零點九。灰濛濛的海，好像不曾有過舞會，我千辛萬苦瞞過後母、藉助神仙教母的力量趕到現場，才發現所有關於王子的消息只是村民的街頭巷語。殘壓表倒數，馬車變回南瓜，氣瓶回歸空瓶，終究我們上升、漂浮在海面等候船隻。心裡哀哀戚戚，一遍又一遍抹去臉上的鹹水，頓悟這年頭本不興苦等王子，灰姑娘該繼續工作存錢，再找機會來堵一堵王子。

拜訪魚的村落

在菲律賓的生活進入第三個月，每周固定旅行已變成一種習慣，十二月中旬，我來到位在宿霧北邊的Camotes。這是經歷十月強震與十一月強颱重創後，首次再訪宿霧北部，儘管事前已透過網路完成訂房手續，出發前卻始終無法與對方取得聯繫；這裡的網路一向不穩，老實說，我不太擔心，跳上了公車，轉搭客船，約四個多小時後抵達小島。

初抵Camotes島，被眼前一群熱情招攬客人的司機們給嚇一跳，不知道該上哪一輛車，不知道喊價多少才合理。然而，此時不要說聯繫不上度假村，就連手機都沒有訊號，只好隨意找一輛機車，秀出店名，請他載我過去。

十來分鐘的路程，兩側是綿延不盡的樹林，偶有幾棟因強颱而半倒的茅舍，猜不出附近是否還有人煙，而道路盡頭又通往何方？每當這種時候，我總忍不住盯著司機的後腦勺，心裡一遍遍自問：為什麼要相信這個人呢？如果就這樣遇害，被人丟棄在林間或是深海，誰會知道嗎？但是，盲信在旅途中不僅重要，還是一種必須，要是我不相信眼前這個人，沒有一點點愚勇，便哪裡也去不了，可能經歷的種種美

某種地毯海葵與克氏雙鋸魚（*Amphiprion clarkii*）、三斑圓雀鯛（*Dascyllus trimaculatus*）。

好也無法發生。

胡思亂想之際，機車已停至度假村門口，我平安抵達，並在工作人員的幫助下預約到隔日一早的潛水行程。這次不是搭船出海的船潛，而是背著重裝走到潛點的岸潛。「我們的船從那，打到了這……」潛導指著倒豎於林間深處的船體殘骸，描述強颱海燕如何肆虐，也同時強調雖然不能船潛，但現在我們要去的地方肯定不會讓人失望，其地名在塔加洛語中，意指「有很多小東西的地方」。

何謂有很多小東西呢？他念出一連串海洋生物的英文名字，裡頭有九成九我聽不懂，可是沒關係，下到水裡看見了自然就懂。

「很多小東西」的水域平靜、能見度高，且真如同其名，是個可以看很多小東西的潛點。下潛的幾分鐘內，我便撞見了數位熟面孔，更讓人驚訝的，是此處與過去常見的礁岩地形不同，多是柔軟沙地，每隔幾處才有一塊較大的海葵、珊瑚或岩石，魚們各自以其為中心發展，村落般維持著微妙距離。

我用快門「吃」下眼前一隻隻魚，反覆咀嚼他們與生俱來的色彩與柔軟細緻的身段。這樣的海底世界使我感到迷惑，懷疑自己本是一條大魚，偶然游經此處，出於好奇而改變航道，拜訪這群「小東西」。

不過，可不是所有魚類都歡迎我這樣的巨無霸。身形嬌小卻十分注重隱私的海葵魚如同大明星，保持距離拍兩張照片可以，要一稍稍越界，立刻衝到你面前，給你一個海葵魚能做出的最兇狠的臉；體形大一點的角箱豚，頗有天涯任我行的模樣，餘光打量著我，但步伐不止；有毒性不喜寒暄的獅子魚，是泰山崩於前而色不改，依然將全身唯一脆弱的腹部緊緊貼在石上。最後是不能被稱作小東西的薯鰻，身體的一大半蜷伏在岩中，單單探個頭出來，什麼也不用做，光對上眼神，就讓我瞬間背脊發涼，退避三舍。

或許是這被暱稱為「很多小東西」的潛點實在「太完美」，我竟產生了錯覺，忘記水族館才是模擬海洋世界的那方，反過來驚喜這裡的生態是如此豐富，一小塊一小塊的區域宛如水族館裡一個又一個的魚缸。

過去，我曾以為魚的情緒波動最難感知。此時迷失在虛構和真實的交界，我倒成了逃逸出人工玻璃的生物。

與魚呼吸在同一介質，猶如把「喜歡／討厭」的權柄交還到他們的鰭上，被好奇和被無視、被靠近和被驅離都有可能發生，兩邊的互動不再是單方面的觀看與單方面的索食。

對我探頭探腦的魚、對我感到厭煩的魚……第一次具體感受到，眼前是一隻隻活生生的魚，他們有他們的魚生，那樣的魚生絕不如過去我所想像的平緩、對世事無感。

我不得不對自己嘆口氣，這明明是很簡單的道理，我卻讓魚游了好久好久，才終於從魚缸裡，游進我心中。

（上）眼斑雙鋸魚（*Amphiprion ocellaris*）。
（下）三斑圓雀鯛（*Dascyllus trimaculatus*）的小魚。

在蔚藍中飛翔的海龜

「來吧，我已經發簡訊給海龜。」潛水嚮導Roland比出打簡訊的動作，煞有介事地這麼說。「告訴他，我們就要出發了，請他待在那。」

在菲律賓宿霧島上的Moalboal海岸邊，老教練對我眨眨眼，他知道這是我第二次來到Moalboal，也知道我一心想看見海龜，完成上次來訪時未能實現的心願。自拿到潛水執照以來，我從未如此執著過某種海洋生物，但Moalboal的海與海龜是個例外，它像一道咒語，日夜撩撥我舊地重遊的慾念。

潮水向沙灘蔓延，漲潮的時候就是我們下水的時候，我跟在Roland後頭，一步一步往裡海走去。待水深及腰，他示意我下潛，並玩笑道：「簡訊我發了，不知道海龜讀了沒？讓我們試試吧！」

看一眼天空，再看一眼海平面，好似等會上岸一切就會變得不一樣。我放掉BCD裡的空氣，一頭栽進水中。

起初是沙地與海草的淺灘，深度不足一米，陽光穿透海面打在水底，波光和碎浪舞動。待深度逐漸增加，海洋開始一點一點轉換色調。幾次的潛水經驗，使我驚訝地球巧妙的排列組合，明明下潛的是同一處大洋，卻因為不同區域，顯現出不同的海底景觀；同樣是沙地，隨流搖擺的藻類不盡相同；同樣是礁岩和躲藏的魚，組成的色彩與生息，自有其旋律；連那被通稱為藍的色調，都還能細分為透藍、碧藍、紺青、靛青等。

當沉浸其中，彷如獲得一種預兆，尋找海龜的執念被輕輕卸下，似乎感應到獲得了誰的應許，不需要再汲汲營營、焦躁不安。我逐漸變得放鬆，發現自己第一次在水下如此寧靜，所有顧慮像網中的魚，順著海流逃脫而去。

我舉起相機，想捕捉眼前的美好。奇怪的是，原來還有三分之二電量的電池，竟開始顯示電力不足。我產生一種奇妙的預感，覺得就快要看見海龜，可是我將無法把所見的景象帶回陸地。

幾乎是同時的，Roland停下動作，向前方指去——沒有主角出場的雷霆萬鈞之勢，但以整個海洋為背景，礁岩轉彎處，有一隻海龜以極寂靜的姿態停在那，身上附著兩隻無比翠綠的印魚，長長的尾部如海草擺動。

那就是我朝思暮想的海龜。

我輕輕嘆息，不敢過於靠近。勉強打開相機，按下遲緩的快門，直到畫面消失。我的雙眼從顯示器上移開，專注地凝望他，凝望他身上每個細節，想一一刻在腦海裡。我明白對某些人而言，他只是海龜，雖然稀有，卻不特別迷人。可是，對當下的我來說，他不僅僅是一隻海龜，更像是我一直在祈禱、盼望生命中出現的奇蹟。我甚至願意相信，海龜停靠在礁岩上的那刻，整個世界都因此暫停。

眼神靈巧一轉，海龜緩緩移動身軀，脫離岩石，往大海的另一端前進。他揮動雙鰭，上下擺盪，宛如飛翔。以鰭為翅，他正飛進沒有盡頭的蔚藍之中。

我不由自主地跟在他身後，目送那身影一點一點模糊。我懷疑海洋與天堂只有一線之隔，心裡浮現了瘋狂的想法，想放縱自己去驗證：那蔚藍到底只是海洋的一部分，或將引領我抵達世界的另一面？

上岸後，我玩笑咒罵：「該死的相機！」頓了頓，補罵：「該死的相機主人！」Roland大笑，邊笑不忘邊撇清自己可是信守承諾，找到了海龜，但他從來沒遇過帶著沒電相機下水的潛水員。

也許我是個沒有海龜運的人，能相遇已是很大的福分，又或是唯有這樣無法被拷貝的記憶，才更顯得這次邂逅的珍貴。只能這樣自我安慰，「我相信所有事情都有其道理，也相信冥冥之中一切都是安排好的。」

回到潛水中心，Roland的太太Monique聽著我倆的經歷，微笑道：「也許妳該再回來這裡一趟。這就是訊息。」

再來一趟？好像有點瘋狂。

隱約地，我感到那股驅策我前來的慾念再度騷動了起來。

終於拍到的海龜（綠蠵龜，*Chelonia mydas*）。

被解除的保護色

「要出發了嗎？」

這是睜開眼後，第一個浮現的念頭。去或不去，這是最後機會了。錯過今天，我就要從菲律賓回台灣了。

跳下床，躡手躡腳地盥洗、換裝，最後停在窗戶前，望著還沒睡醒的城市，想知道什麼在前方等待著我。室友Nina半夢半醒地看著我背起背包，帶著睡意說：「路上小心，到了傳簡訊給我。」點點頭，我走出寢室，繞過正在打瞌睡的樓層警衛，動物般閃進電梯裡。關門的前三秒，警衛移動身體，不應該在上學日一早外出的我，就要成現行犯了。但，門關上了，樓層倒數。

行前，朋友們提醒我，我對這個國家不

過是個落單的外來者，做決定前想想這裡的治安吧。可是，這將是我第三次去Moalboal，我知道怎麼搭計程車到巴士總站，哪一個路線會轉往Moalboal，抵達之後只要在當地攔一輛機車就可以了。我看似自信反駁，沒有說出口的，是對最後一步的不安：我得盲目信任某個人，信任他會帶我到潛水中心，不是找個荒涼角落將我埋了。

從宿舍大樓走到計程車停靠站的短短一分鐘，我數出了至少兩樣忘記帶的東西，其中一樣是防水相機用的乾燥劑。這是某種準備不周的預兆嗎？該回去拿嗎？幾乎陷入某種迷信，我想判定所有遭遇背後的意圖。可是我終究沒有回頭，正因為陷入迷信，更覺得若是回去，計畫將被迫停止。

我所對抗的，從人的危險變成一切無名的恐懼。

約莫十來分鐘，我被放在巴士總站的對面，人比想像中多，城市醒了。我穿過馬路與攤販，混入為生計而奔波的旅客裡，坐上沒有冷氣的巴士，後段靠窗的位置。

拿出手機報平安，訂下兩小時後的鬧鐘，我靜靜地閉眼休息。沒有辦法馬上睡著，也沒有開頭那般戰戰兢兢。有時候，什麼都不做反而是最可怕的，一旦著手進行，哪怕是一點點，都會讓心裡踏實起來。

經過三小時的車程，我再度抵達Moalboal，並慣例讓當地招攬生意的三輪車先誆一下，再殺一次價，順利在九點抵達潛水中心。Roland問候我來的路上是否順利，我則確認他今天也有像上回一樣，出發前寄封簡訊通知海龜。「沒問題，一切都安排妥當了，只要妳記得帶有電的相機。」老先生揶揄我。

相機和電池是準備好了，帶著特殊期待的潛水卻非常不好受，它讓再繽紛美好的魚群都變成「過盡千帆皆不是」。我知道這不是好的潛水心態，但沒有辦法克制自己起心動念。前進變成一種目的，我的蛙鞋失去規律，反映心緒地推動身軀匆匆略過身旁的事物。就在這個轉彎吧，像上次那樣，賜給我一位海龜。

可是，前面什麼也沒有。

老先生回頭，向我聳肩、攤手，問著我也回答不了的問題。

海龜呢？都去了哪？

我試著把注意力拉回，放掉走火入魔的渴求，轉身珍視其他生物、珊瑚礁……這是多麼困難的事，即使出發前已接受了看不見海龜的可能性，也明白或許上天安排此行的目的，不過是為了實現這刻的失望，挫折依舊像累積在血液裡的氮氣，無法輕易隨氣泡上浮

回程的路上，海龜（綠蠵龜，*Chelonia mydas*）開始出現。

消失。

但，就在認命決定折返的前一小段路，第一位海龜出現了。他在一片柳珊瑚的後面，直勾勾地注視著我們，早在我們看見他以前。海龜機警地揚起頭，撐起身子，一個漂亮的轉身，飛往正後方的深藍。啊，這就是我渴望再見到的景象，擺動的鰭肢將水流灌入了我的全身。

有了第一位海龜，便如同打開了第一扇神祕的門，如同海洋解除一部分的保護色。回程的路上，Roland在一塊巨大礁岩下方，看見隱約露出的紋路——又是一位海龜。他在我們發現他的同時發現我們，轉身離去。

幾分鐘後，另一位海龜出現了，而且是一位小海龜，眼神與其他大海龜的「又來了」不同，他以好奇回應我的好奇，像是在傍晚五點、其他孩子都回家的時刻，偶然於社區公園相遇的兩個孩子。因此，當他開始移動時，我本能地跟了上去，模仿起他游動的模樣。也許，這個動作打動了他，我看見，我真的看見他用眼角餘光瞄我，放緩自己的速度，讓我保持在他的左後方。一度，他停了下來，停在岩石上看我。數秒後，他主動游向我，讓我繼續跟了一小段，這才下定決心，頭也不回地往海中心去。

是否那個地方也在召喚著我？

我追了上去。

或者說，我希望我堅定地追了上去，不曾回頭。

然而，現實卻如希臘神話中，只差一步便能帶妻子回到人間的奧菲斯，在最後一刻恍然。我迷惘地往後看，看見Roland，看見他向我搖頭，看見他敲著潛水錶，看見自己一身裝束。我只能選擇回到他的身邊。

盈滿「所有事情都已告一段落」的巨大寂靜，我離開了海洋，上了岸，心與相機皆盛著也承著海龜的姿態。一直以為，這一趟是為了完成什麼、實現什麼而出發，怎麼知道，原來不過是個開始。

在海與海間跳躍

Hopping，第一次接觸到這個單字是在Malapascua，參加由韓國同學主辦的兩天一夜小旅行。「Hopping是什麼？」我們這群夾雜台日韓三國的十五人團隊，翻查各自的電子辭典，用生澀的英語七嘴八舌討論，最後只得出一個結論：那是個接近snorkeling（浮潛）但又不是snorkeling的活動，總之請大家換上泳裝，準時到度假村前的沙灘集合。

仗著人多倒也不擔心被賣掉，一群人糊里糊塗地上船，由著船夫把我們載到一望無際的海上，從船艙中拿出數個面鏡、呼吸管與救生背心，分配裝備，一聲號令開始Hopping。

原來，Hopping是跳島式浮潛，船夫先將

（上）前往 Moalboal 的路上。
（下）在海面回望我們的船。

我們帶到「踮起腳尖尚可觸地」的海域，探險約莫三十分鐘後，再換至下一處，深度也隨之增加。船隻有時停靠在小島附近，有時停滯在海面一塊礁岩旁，更多時候，四周什麼也沒有。

同學們三五成群游開，寬闊無盡的海洋將嬉戲聲吞沒。我一個翻身，仰躺浮在水面，撞進藍得要滴出水的天空，任細碎的波浪將我一點點覆蓋，又一點點露出，細細品嘗其中的湧動。

Hopping都是這樣的嗎？結束Malapascua旅途後的一個月，我在另個小島Badian再次體驗了這活動。不同船夫、不同海域，這次的跳島少了先前的漂流之感，多了電影《藍色珊瑚礁》的味道：船夫帶我們去一座居民非常少的小小島，鄰近沙灘處的海水比先前的更清澈，水下生態也更為豐富。

Badian的海底世界熱鬧，但一抬頭露出海面，望向島嶼，紛亂立即化為寧靜，耳邊只有浪濤與樹林聲。

我明白在此生活必然不便，可一個上午的停留，竟無法自拔地迷戀上那樣近乎與世隔絕的日常。我並不想從原來的生活中逃避什麼，但這座島上的安詳氣氛，使我懷疑自己又能從原來的生活裡追尋到什麼？

在宿霧最後一次跳島是在Moalboal，與前幾次經驗很不相同的，是這次度假村外的海灘既是淺灘，又是軟泥，船隻無法靠近，我們得自己走過去。走過去本不困難，難的是腳下泥沙踩來觸感極怪，稱為軟泥實在太客氣了，它根本是當之無愧的爛泥啊！一腳踩下去簡直沒有底，拔起腳時更是「此泥黏黏無絕期」，猶如海中有人正在抓交替，不讓你走就是不讓你走。好不容易拔了腳，夾腳拖卻給困住了，幾次下來，索性連這點屏障也不要了，一手拿住夾腳拖，兩隻腳泡進爛泥裡，只管埋頭快走，不去想腳下這爛泥從何而來。

還好還好，Moalboal的海底風光不盡是如此，浮潛點的海膽雖多，但礁岩下躲藏的魚類也不少。像在玩捉迷藏，一路找一路拍照，不知不覺間，竟愈游愈遠，直到友人叫住我，才想起回頭是岸。不過，就在緩緩游向友人的同時，他突然瞪大眼睛，指了指後方。我停下來，迷惘地回過頭。

天啊，是成群的魚隊伍！我呆愣住，而也就在這一秒的停格，銀白色閃動的光點如風，瞬間將人團團圍住。我試探性、不具威脅地伸出了手，魚在要碰到的一剎那選擇繞過，一隻接著一隻，粗略地畫出我半身輪廓。

太過驚喜的一場邂逅，我竟忘記舉起相機，然而這又豈是相機能夠捕捉的畫面？我跟上隊伍，想知道他們要去哪裡。可是，僅僅幾秒鐘的思索，魚群已然無影無蹤。有那麼一會兒，我懊惱自己未及時留下幾張影像，心底深處卻知道，再清晰的數位照片，也不及當下專注體驗。

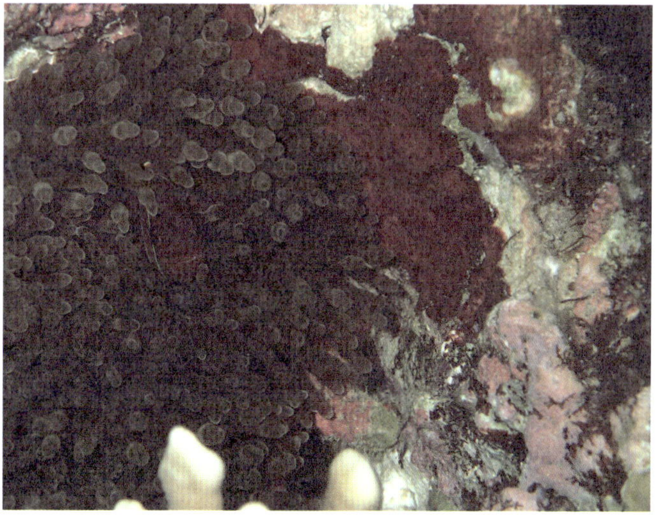

（上）尖鰭金鰯（*Cirrhitichthys oxycephalus*）。
（下）白條雙鋸魚（*Amphiprion frenatus*）。

曖昧海中鯊

右手壓住面鏡，左手握住充排氣閥，我抬起右腳，閉上眼，說服它懸空踩去。一招跨步式入水，下一秒便從船沿墜入澳洲大堡礁。看看四周，潛伴們正緩緩向潛導靠近，待他倒舉拇指，領我們前往水下三十米。我試著想像即將看見的景色，卻又同時感到海洋的高深莫測，只有真正涉足的人才能明白，且只能夠明白那被海神應許的一小部分。

大堡礁，這個還沒學會潛水就聽說過的名字，在腦海裡是一片清澈的藍綠色水域，以及多彩到目眩的珊瑚礁；只有在相機鏡頭裡，這片海才可能有盡頭。鏡頭之外，無法被捕捉的區域則充滿了神話色彩，任何傳奇的海洋生物都有可能出現。我一邊聽著自己透過調節器傳出來的規律呼吸聲，一邊放沉了身子往下潛。隨著深度增加，光線雖然逐漸減弱，但水下卻澄淨如無雲的藍天。潛水員強調的「能見度」，竟似比陸地還要明朗。

海底，宛如未被開發的森林，鹿群不懂獵槍，魚群也還不曉得閃避人族。沒有被捕捉的生存壓力，他們依循各自對人的好奇或恐懼，決定大刺刺經過人前，或是隱身礁岩間。然而，當情況反過來，一尾身形與人相當、敏捷更勝數十倍的魚類出現時，該如何反應？

從未想過會在此處撞見身長近乎兩公尺的鯊魚，以致親眼見到這巨星等級的生物，用其特有的霸氣泳姿，從遠方迷濛不清的海域中漸漸清晰顯現而來，我不禁腦內一片空白。我知道鯊魚的嗜血是電影的營造，甚至聽說過好奇的鯊魚喜歡以「咬咬看」，作為認識世界的一種方式（只可惜很少有生物能承受這種鯊魚式的「初次見面，你好」），但到底是陌生的動物、具有野性的動物，我該把目光往下調三十度以避免被注意，還是往後退三十公尺以求自保，抑或是保持現狀、瞧個夠？

想轉移目光，可是這電影才有的景象讓我連眨眼也捨不得；想逃出一段距離，可內心同時有迎上前的渴望。交錯的思緒讓我一時間把剛剛所有魚類對我的反應，統統排演了一遍。不知道那些忽而探出頭，忽而縮回去的魚，心情是不是也這樣千迴百轉？

就在拿捏不定主意的時候，鯊魚已然錯身游開。面對被電影刻畫成不能錯過的香肉的我，對他來說似乎無足輕重，與他正打算要做的重要之事相比，有閒潛水的傢伙，簡直是上班族在趕路時最討厭遇見的悠哉觀光客。

應該要鬆一口氣才對，但不知怎麼的，鯊魚的反應讓我有那麼一點失落、那麼一點受傷。該怎麼解釋這微妙情緒呢？我想或許有點類似下面的情境：你以為班上那位又帥又會打籃球，可是老對女孩子不屑一顧的男孩，其實偷偷暗戀不起眼的自己。但當你以為找出所有他迷戀你的線索後，又發生一個小而確切的事件，證明他真的從頭到尾沒把自己放在心上……「什麼嘛，這跟偶像劇演得不一樣。」忍不住在心中埋怨，哪怕早知道戲是戲。

偏偏，當我決心放下這一段愛情時，內心竟冒出一句：我認識了大部分的人都不知道的鯊魚（我看見其他女生都沒見過的「他」的另一面）。忽然間，這一切再度莫名有了戀愛氛圍，我又擅自在一支氣瓶的時間裡，單方面地與一位完全陌生的鯊魚悄悄曖昧起來。

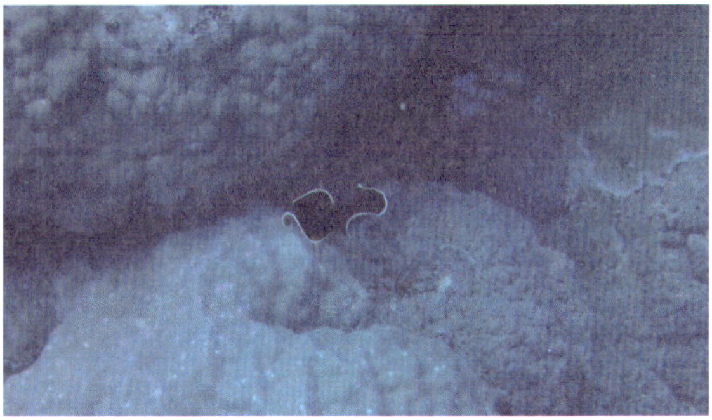

（上）哈氏錦魚（*Thalassoma hardwicke*）。
（中）當時並不知道這是扁蟲，更不知道自己未來將愛上他。
（下）鯊魚在前方。

鮋

在沖繩海下約九公尺處，我遇見了那尾魚，乍看下透明得幾乎成了「蜕」，沒有呼吸。然而，當想要伸手探究的感覺初萌生，即感應到一股隱隱的騷動，身體提醒我，不管他看起來多麼纖細、幾分飄忽，甚至表情有點無辜，他的氣味也已然宣示自己必要關頭會強悍起來。

當然，我在海下聞不到氣味，但似乎唯有氣味這個詞，能夠表達使我停手的生物性理由。畢竟，我是直到上岸後才發現自己對牠的警醒來自過去經驗的累積。不需要任何動作，單單他的沉靜、他的外貌、他的眼睛，都讓識魚有限的我，在腦海連向了一個答案。

我把手收了回來，但不知道是想像的那隻手，還是暗自動了起來的手。然後，我按下快門，仔仔細細地為他拍照，記錄那下巴如小樹又如鬍鬚的生物特徵。還有最重要的，我絕對不會認錯的眼睛紋路。我很確定，我認識那樣的魚，那是「鮋」。

鮋，聽起來有點專業，但腦海的連連看並不是以百科全書的形式在運轉，而是喚起另一塊記憶：在台灣，我曾見過花紋豐富得像是嚷嚷著「小心我毒死你喔」的斑馬短鰭簑鮋，也就是俗稱的獅子魚。和一些海洋生物相比，獅子魚有一種奇怪的沉默，且因為這沉默，發現他時往往像他依循著你的呼吸而呼吸，就那麼剛好漏了一拍，因此從畫面上跳了出來，這一刻真正地映入你眼簾。若非如此，沒有辦法解釋這麼搶眼的魚，為什麼現在才看見……話又說回來，這麼形容的時候，我覺得自己還是比喻得太刻意了，好像獅子魚一直戰戰兢兢提防似的。他不是這樣的，他隱匿氣息的方式更自然也更「天生」一些。

同樣有這樣微妙氣質的，還有同屬鮋科的石頭魚。

氣質相仿，外貌差很多。石頭魚低調得幾乎要跟環境融在一起，以至於你會訝異他竟然從頭到尾都擺著一張很臭很臭的臉，好像他對「魚生」一直不滿，在你發現的瞬間達到最高點。可是，基於「石頭」魚的天性，他只好繼續杵在那。且由於那癟嘴的弧度實在太大了，即便我後來游離開了一段距離，也忍不住猜想，當他把焦點從我身上轉移，是否會回頭找「海洋」的麻煩？

而沖繩海下所見的魚，正是石頭魚，我認得他們獨特的下巴，長著小樹的下巴。奇妙的是，他臉並不臭！

或許就是這一點吸引了我，讓我上了岸，回到台灣後，依然魂牽夢縈。這一晚我不能睡，我想要知道他的名字，就像杜蘭朵非得知道王子名字那般急切。

以鮋科Scorpaenidae為線索，我被網海的碎浪帶來帶去。海的語言多變難尋，只要關鍵字的經緯稍稍偏離，跳出來的畫面不是風馬牛不相及，就是魚市場、魚料理。

終於，我知道他是Leaf scorpionfish，這個甜美的名字將我帶到了他的面前。直到這一刻，我才知道外國人是如此描述他那迷惑人心的蛻殼色彩：幽靈般的蒼白；也直到這一刻，我才發現照片裡的他，除了那幽白，還有細緻淡色紋彩如壓花。

或許因為如此，被稱作三棘帶鮋的他，在三棘高身鮋、石狗公、石頭魚等別名之下，還被喚作「玫瑰絨鮋」，多麼恰如其分的名字啊。

（上）我拍的三棘帶䲁（*Taenianotus triacanthus*）。
（下）潛導拍的同隻三棘帶䲁（*Taenianotus triacanthus*）。

海神的彩蛋

抵達馬爾地夫居民島Maafushi已是晚間十點，行李一丟，便出門找潛店。潛水的人不見得早睡，但潛水的人一定早起，往往八點不到就出發了，得抓緊在島上有限的時間。Maafushi不大，但非處處設有路燈，加上初探島嶼，我心頭緊緊的，盼著潛店藍藍的光快些出現。島上的潛店大概三、四家，招牌還亮著，可是人都休息了；沒休息的看起來也不打算理會門外張望的我，玻璃上寫得很清楚，現在不是營業時間。

隔日，還沒吃早餐，我奔向其中一間曾在台灣聯絡過的店家。顧店的女孩很客氣也很遺憾地告訴我，這裡都是船潛，早上的船已經出海了，要潛只能等下午。

熬到了下午，潛導們先弄清我的執照等級，再把裝備塞給我，便一聲令下要所有人到港口集合。數分鐘後，店家的船來了，不大，但乾乾淨淨的，椅子的漆很新，襯著海藍閃閃發亮，底下放著每個人的裝備籃、配好氣瓶的BCD。下潛前的準備跟其他地方差不多，總潛導先說明潛點地形、潛水手勢，分配潛伴，請大家跳海——跨步式入水。

嗯，跨步式入水。這個對現在的我來說一點也不難了，和岸潛有時更險惡的碎浪區相比，雖然是往下墜，卻更像上青雲。「Up is down.」這句出自電影《神鬼奇航3》的台詞，不停在腦海浮現，劇中主角們相信在夕陽落入海平線前，讓船翻轉朝下，人們便能穿梭到另一個世界，而太陽也將再度升起……篤定了作為導演的海神，一定已經在另一端準備了驚喜，我深呼吸幾次，縱身一跳，從氣泡中確認自己半浮半沉，一切安好。

我一切安好，但和我互為潛伴的潛導Ahmed Suhaibaan（簡稱Ali）可不大好，一群高鼻魚興匆匆地盤旋在他頭邊，把他束成髻的捲髮當作幸福的綠藻球啃食著。我從恐懼——他們熱烈得像昨天找潛店的我——到滿心困惑，不痛嗎？想伸手為他揮去，又擔心會不會破壞什麼高鼻魚跟當地潛導的默契……猶豫不決之際，潛導自己出手，但不是跟高鼻魚示好，也非對他們飽以老拳，而是用我看過最怪的方式下潛。Ali一手護著髻，一手按壓排氣閥，潛到高鼻魚不會那麼感興趣的深度。後來其他潛水員告訴我，當我欣賞著這一幕時，也有不少高鼻魚在我左右。可想而知，第一支氣瓶後，我也學會了這馬爾地夫限定的「護髮式下潛」。

高鼻魚放棄後，接著竄入的是紅牙鱗魨，以其靈巧吸引了我的目光。紅牙什麼的沒看見，倒是綢緞般的背鰭，輕飄飄卻同時那麼有力地帶領整個身子前行，是我見過最美的泳姿。可他不只有「柔」，當他加速時，尾鰭從

我拍的薯鰻（爪哇裸胸鯙，*Gymnothorax javanicus*）看起來就很兇。

原先開得像打鐵鉗變成剪刀狀，上下一夾一推，噴射般飛躍出去。哇，同時擁有左右搖擺的背鰭，還被賦予上下交錯推進的尾鰭，這樣不會太得天獨厚嗎？

海神沒有回答我，但祂把薯鰻塞到我手裡。Ali往斜前方一比，一顆薯鰻頭從礁岩中現身。

被高鼻魚（*Naso vlamingii*）看上的潛導。

過去，我非常懼怕薯鰻，不是有過不好的互動經驗，而是第一次認識薯鰻、親眼見到薯鰻，就打從心底產生寒意。海生館的薯鰻玻璃屋不只開了一個口，所以除了可以看見他的臉，還能清楚看見他又粗又肥的身子蜷在礁岩縫隙裡。原意應該是讓參觀者仔仔細細把這大魚看一遍吧？可我看著看著胃就不適了，更別說那張臉，是我海下最怕的臉。無法凝視，無法分辨此刻的恐懼到底來自宣告著有危險性的長相，還是出於大魚本身的威嚇氣勢。總之，我很怕薯鰻，怕得甚至不敢討厭他。

不過，當我真正開始接觸野生薯鰻，試著了解其習性後，一切有了改變。起初撞見會保持距離，主動避開，深信就算從沒見他離開礁岩，只要我靠近，他也很可能衝出來，用又粗又肥的身子纏上我。後來，因著中研院的《重返珊瑚海》App，我培育起薯鰻，在被畫成Q版但不失原味的薯鰻和野生薯鰻相互對照下，突然發覺他穩定從岩中探頭、穩定縮回、穩定讓魚醫生清理口腔的模樣，讓我也穩定了下來。

因此，當我又在海下遇見薯鰻時，儘管對他冒出來、半張口的模樣依舊忌憚，還是按下快門鍵，有了人生第一張薯鰻照。

但Ali顯然認為這樣還不夠，距離太遠了！他借走我的相機，往前游一段，又拍了數張照片。他像是拍路邊小花那樣漫不經心，中間一度重新調整各項參數並試拍，渾然不知我在他身後努力壓抑著拉他逃走的衝動，而伸向他防寒衣衣角的手，更是杵在那兒焦慮不已。

這一回，換薯鰻壓抑著往後逃的衝動。可能多數的小魚都像我一樣倉皇，大一點的魚或人多半也就看一眼即離去，哪裡有像潛導這樣拍小花似地用鏡頭試探著他。薯鰻閉起嘴巴，頭也沒有先前那樣往外，眼神轉呀轉，氣勢弱了。我幾乎可以聽見，他原先那種妖怪出場的「啊……」嘆息，變成了「呃……」不知所措。這下換我不忍，打了個手勢，跟Ali說走吧。

上船後，反覆欣賞著那幾張薯鰻的照片，寒意完全消失了。那是人一般流轉的眼神呀。

也就在這應該打上The End的一刻，海神導演丟出了祂的電影彩蛋——數隻海豚自海平面露出背鰭！同船的波蘭太太忍不住大呼：「現在我可以回家啦！一切都是為了這一刻！」

看來，這彩蛋將成為另一段潛水故事中的主角，海神對祂不同的觀眾，自有安排。

流光

周五快下班時，忽然萌生回花蓮的念頭。大學畢業六年，只回去過兩次，記憶卻是那麼鮮明。我記得騎車上木瓜溪橋的風，記得下橋後第一株野薑花，也記得一路上小蟲撲滿臉，抵達宿舍好像同時吃完一頓消夜。

我立刻訂了下周末的車票，心中盤算這趟回去要走哪些走過的路。時節是五月，恰好是轉學第一年同學帶我去祕密基地看螢火蟲的月份，那隨夜色降臨而閃爍的螢光，在我心中雀躍了起來。

有散光的我，本最不耐傍晚的要黑不明，但在有螢火蟲的森林裡，天光將要退去、不明不滅的一刻，卻彷彿經驗著一種儀式，學著與樹與葉一同吐息，靜寂之後，誘得淡淡螢光自深處飄來。然後習慣起黑暗，感到溫柔。

夜色如水，這形容似乎並不無道理。多年後我在潛水時，也看見了海下的螢火蟲，那被喚作浮游生物的小小傢伙。

如同陸地上的螢火蟲在黑暗中現身，浮游之光是屬於夜間潛水的景色。潛水員在近晚時分下水，隨深度增加與時間的流逝，一點一點地拋棄對安全感的渴望，看水色變得濃稠，四周終於黑得只有手電筒照射到的地方才有影像。

對幽暗的恐懼來自天性，許多潛水員因而從不願給夜潛一次機會。但願意夜潛的，並不等同勇敢，可能只是不敵誘惑——至少我是如此。我最糟糕的一次潛水經驗，就在夜潛時發生，但不到一年的時間我又下水了，只因某些景象，夜潛才看得到、看得清。浮游之光就是其中一種。

不過，正如其小得幾乎看不見，浮游生物與其他生物相比，在潛水員心中往往無甚份量。不能怪潛水員大小眼，我在夜潛時見過比手臂還粗的海蛞蝓，見過幾乎等同自己身長、被列為瀕危物種的曲紋唇魚，也見過數次肉食性魚類獵捕他者的景象；只會發光、食物鏈底層的浮游生物們，確實很難在夜裡的海洋爭得一席之地。

然而，或許正因他不那麼受重視，其一瞬一瞬的微弱虛光，便微妙地映照出了我。我們在幽黑中沒有分別地存在，我們隨水波動盪發出末光。

於是，曾幾何時，我會在潛水將要結束、三分鐘的安全停留內，關掉手電筒，讓靜默包圍，輕吸一口氣，觀察周圍被點亮的浮游生物……我曉得，每次遇到的浮游生物都已經是不同的浮游生物；我也曉得，回花蓮並不一定能見到記憶中的流光。可是我想迷信，想相信我看見我們之間的連結，想相信此刻我們同時在發光。

鋼絲與海豚

某日上班途中，碰巧和一位老饕同事同行，他說自己愛去陽明山上某間店嘗野菜，直到他吃到鋼絲前。那鋼絲應該是刷洗鍋碗瓢盆落下的，「母體」八成用得很舊很舊了，才會散得跑進菜肴裡。

這番話意外喚醒了我的記憶，想起五年前，自己曾有段天天與鋼絲球為伍的日子。至於刷洗的東西嘛，從高處看來也像是個鍋碗，抹藍漆，約七公尺深，裡頭關著若干海豚。

那時候，我是水下工作員，專門刷洗海豚海獅海豹池。

每天早上八點，我到園區報到，換上潛水裝備，再拎一個鋼絲球、一個強力吸盤，潛進水裡。因是工讀生，工時不長，約一個上午、兩到三支氣瓶的時間，一次四十來分鐘，每隻氣瓶中間再休息十多分鐘，趕在十二點的表演前上岸。

工作總是先從海豚池開始，偶爾去支援海獅海豹池，後者的器具因造景不同而有差異，沒有吸盤，戴著棉紗手套徒手抓；沒有鋼絲球，抓著掃帚頭刷。說「造景」，回想起來有點心虛，海豚池除了藍漆營造海藍，沒有任何屬於海洋氣氛的東西，海獅海豹池也頂多幾座假山，單調得很。

我們刷洗的東西說穿了是海豚生活留下的痕跡，他們排出藻綠色的液體，慢慢消融在水中，令藍漆壁上浮覆著一層如灰塵的淡綠色物質。物質累積，顏色愈來愈深，刷起來略滑，帶水腥感。人少池子大，來不及刷到的部分最後變成如鉛筆重重畫下的黑色紋路，卡在不平整的壁上，一小塊可以刷上好幾分鐘。我與壁平行，藉吸盤依附，左右手交換支撐、刷洗兩個動作，後來都長成了一對與身形不成比例的二頭肌。

海豚池以柵欄區隔，池池相連。刷池時為安全起見，我們不和表演海豚同處一池，但會和觀賞海豚同處一室。觀賞海豚有的是正在靜養，有的是不擅長表演（當時園區都是瓶鼻海豚，只有一隻花紋海豚，而他天生就不若瓶鼻那般善於跳躍）。

我曾妄想記住每隻海豚的特徵，認為只要能辨識出單一個體，就有辦法慢慢培養感情。這個心願最終未能實現，我只認得被暱稱為小花的花紋海豚，也因此特別偏愛他，覺得他的圓頭、張開時呈半球狀的嘴、零落的牙齒，以及彷彿因為極深藍而顯黑的身與眼，分外迷人。話又說回來，到底我們不過是清潔工，想要和海豚培養感情這種念頭，其實也是不被允許的。就算同處一室，為了安全、為了維持海豚的穩定，所有接觸都被禁止。

我心中不無遺憾，但園區不時會傳出一些事故，證明此令不虛。晚我一期進去的工讀生平時就有點兩光，會在刷池子時藉水漬作畫，某天我沒排班的日子，他伸手摸了一隻海豚，立刻被咬，馬上送醫。更衣室裡，我也聽說某個訓練師背著氣瓶咬著二級頭去找他的海豚，起初好好的，突然海豚勾住了他二級頭接著氣瓶的管子，一拉……訓練師還咬著二級頭，而海豚體重可達四百公斤，僅僅一個小動作，訓練師的牙齒就被拽下來了。海豚是故意的嗎？眾說紛紜，莫衷一是。

海豚在園區的日子沒有在大洋裡好玩，所以一點點意外獲得、平時不被允許出現的小東西，都會讓他們樂得大失控。我與同事們曾為一塊疑似清潔中不慎掉落的小塊鋼絲球而挨罵——海豚無敵快樂地追逐著鋼絲塊，完全不聽訓練師的話，最後也不知道有沒有吞下去，各方面來說都很危險。

多年後的現在，因同事的飲食經驗，再次想起這段插曲，不禁有點感慨：日子要多無聊，才能為一塊鋼絲歡樂至此？如果他們是「真正的海豚」，便能在沒有侷限的大洋裡歡快享受一串串道地的海藻，不是這不可食、相當於大池中的馬桶刷的東西。

想跟海豚接觸，有沒有圈養以外的可能？結束那份工讀後，我開始在意他們的傳說、新聞與各種資料。其中，時報出版的ＢＢＣ《海豚》一書，寫了幾則海豚的研究，像是他們有名字，有屬於自己的「識別哨音」，以及一則趣聞：這一切都要從「老查理」說起，這隻海豚把鯡魚群趕到澳洲西部猴灣（Monkey Mia）的老碼頭，讓漁夫輕輕鬆鬆就手到魚來。漁夫把魚最美味的部分送給老查理，之後他每天都準時在早上七點十五分出現。其他海豚也起而仿效。一九六四年，一名與家人出遊的少女在此餵食海豚，年長的母海豚「花肚子姥姥」就是其中一隻。現在，海豚還是會在這個海灘聚集，有「歪鰭」及女兒「小淘氣」、「塌鼻子」、「洞洞鰭」和其他幾隻海豚，從世界各地前來的遊客，也包括研究海豚社群行為的科學家，都可在此餵食與觸摸這些被馴化的野生海豚。

距離一九六四年的五十多年後，我在澳洲布里斯本附近的摩頓島（Moreton Island）

上，有幸一睹相似情景：當地的保育中心在晚間提供魚給野生海豚，有興趣的海豚會自己游來，也願意在保育人員的協助下啣走遊客手中的魚（這樣的付費體驗帶給保育中心更多收入）。保育人員不知道今天有哪幾隻海豚會來，但仍為常客命名，寫上簡單背景，並且時刻做好心理準備，或許他們某天會從此缺席。

這不是《飛寶》、不是《威鯨闖天關》，也許永遠都看不到結局。

然而，能知道結局卻也未必是好事。與野生海豚不同，被圈養的海豚命運大抵是定了下來。縱使當初和我一起工作的前輩同事都一一離開，這幾年來不需刻意打聽，也會知道一起游過泳的孕婦媽媽海豚終於生了，但人工環境沒能保住幼小的生命；據說一批新海豚要駐進了，不知道是不是來自「血色海灣」；園區最近有了第一隻，也是唯一一隻存活超過五個月的小海豚……

我曾經有過的難得打工經驗，變得愈來愈難說出口，反倒是某次搭船出海，巧遇飛旋海豚跟在船邊、躍出水面，一切憑他自己的意識……那一刻我放鬆多了，終於不需要猜想海豚的微笑是否為真，不需要戰戰兢兢地揣測海豚的快樂，然後允許自己快樂。

在保育人員的協助下，海豚啣走遊客手中的魚——究竟人們應該如何與野生動物互動、這樣的作法是否就是最好的，我還在思考。

他眼中的世界

繪本《動物眼中的世界》裡面有一幅畫，左起是白色建築物，經各式動物與灰色道路，來到蓊鬱森林；書裡每一頁至少有一隻動物，翻開印著他們眼睛部位的紙片，下面是這種動物實際看到的景像。換言之，我看起來很繽紛的世界，對我那天生無法區分綠色、紅色又是個近視眼的貓女兒冬至來說，不僅色彩有限，物件也很模糊；對怕貓的老鼠來說，他只看得見鼻尖前的東西；對更小一點的動物如蚯蚓而言，他只能感覺到光。

生理構造決定了我們看見的世界，聽起來好像天經地義，不過當我在澎湖將軍嶼巧遇生態觀察家陳楊文，一起探索潮間帶，他指著一處岩間問：「看到沒有？這就是海蛞蝓的卵。」我懷疑自己其實跟蚯蚓一樣，無論眼前多麼生意盎然，能感受到的都只有光。

為了遮掩無知造就的目盲，我拚命點頭，拿起相機對一個突起物按下數次快門。事後放大端詳，才發現那突起不過是個螺，真正的海蛞蝓卵位在他正下方，白綠白綠、貌似Q彈烏龍麵的條狀物。

稍作惡補後，隔天我再度跟著陳楊文拜訪潮間帶。

這不是我第一次到潮間帶，但對它的認知一直相當有限；我以為那是海陸交會的一個區域，任何時候都可以展開冒險。這回跟著專家，才了解潮間帶除了是海陸交會的區域，更像是電玩《仙劍奇俠傳》裡的仙靈島，進出需要機緣：一日中約有兩次退潮，其前後一小時是探險的好時機。在這期間，住在潮間帶的生物有些來不及走，有些不趕著走，他們露出水面，展現出獨特的生活方式。

陳楊文一邊指出種種生物，一邊解釋潮間帶的生活比想像中嚴峻，漲潮時滾滾潮水如千軍萬馬奔騰而來，幾小時後巨大引力將潮水帶出，鹽分、烈日都是考驗。

哪些生物可以在這生存呢？初級班的我可以認出陽隧足、海星、海參，經指引後則進一步發現海棉、海鞘、管蟲，還有隱身綠意中的海蛞蝓、尚未長大的澎湖特有種章魚。我的任督二脈在這刻被打通了一半，原來只能感受到光的蚯蚓眼，開始有了色彩，有了影像。那些從他口中吐露的名字，一一在我的世界裡誕生。

於是，我腰彎得更低，看見也屬海蛞蝓的海兔，更看見身為軟體動物的他，背部藏著如今已退化的小貝殼；也跟著發現，角落的螃蟹殼不見得等同本尊的死亡，可能只是一枚被脫掉的舊殼，螃蟹正享受新生活；連再面熟不過的海參，都露出我不知道的模樣——個性溫順的他，遇到敵人會吐出非常非常黏的內臟；更明白了海參和陽隧足同為海中清道夫，以過濾沙子中的雜質、動物屍體和藻類碎片為食，皆對海洋很重要。

大海是一件隱形斗篷，只對某些人展現內在。我以為那關鍵在於「知識」。但，真是如此嗎？

晚間與當地居民閒聊，才曉得不論漲潮退潮，陳楊文都是一早就在淺灘處，無視烈日，雙眼直直穿透海平面。我想起探索時的他，姿態猶如在水田裡插秧，腦際閃過了「樸實」兩字。探索海洋，我常想得複雜，覺得要讀很多資料、熟記生物名字，要準備好各式防曬道具、防滑防刮傷的套鞋……可他就是一雙機能涼鞋、一件水母衣，先把握親近海洋

斧殼海兔（*Dolabrifera dolabrifera*）
藏得很好，可是我的眼睛也很好。

試著自己探索潮間帶，發現
澎湖特有種小章魚。

的時間再說，感情純粹近乎鋒利。

最後一夜，他給我一串海葡萄加菜，「這是一種藻類，滋味如同魚卵，但不同於每吃進一粒魚卵，就減少養活一條魚的機會，它是大自然的盛宴，也是海蛞蝓的美味佳肴，妳嘗嘗看。」不只彎腰，還要與觀察對象吃一樣的食物。在身與心都更「海蛞蝓」後，我們帶著防水燈具探索去。

幾點開始不記得了，只記得最後一次看錶近十一點，記得海與岩被月色映照得鬼魅，退了正要漲的海水漫到了我們的腰際。我頻頻抬起身子，確認自己的方位與海水的流動，但陳楊文不曾輕易起身，專注在晃動的水影間，期待再來點新發現。那晚，探來探去，就一隻小海蟲被我們的光吸引，打轉不走。

那海蟲好小，就像我們在大海裡一樣小。那海蟲最後什麼收穫也沒有，就像我們回去時沒有什麼驚喜發現。然而，那海蟲就是對光執著，就像陳楊文對海一樣。

抽考

從小我媽就教我，不要亂撿路上的東西，尤其是紅包和無人認領的行李。然而，人生中有很多不得不撿的時刻。

停，想，行動……我提著剛從超商買回來的晚餐，走在往潛水訓練中心的路上，默記處理緊急事故的步驟。這是最後一晚了，三天三夜的救援潛水員課程即將告一段落，明天就是最終的筆試與開放水域實作檢定。我很緊張，但不是擔心考試，而是愈了解潛水的突發狀況，愈害怕某天必須真實操作。

既然害怕，那就需要更多的練習——八成這麼想的神，便在這晚派了個使者提前抽考，讓我就這樣在大馬路上撿到一隻烏龜。一隻奮力撥開草叢，露出「啊，這就是傳說

草地上的斑龜（*Mauremys sinensis*）。

中的人類世界」表情的烏龜。

儘管這情況比課本羅列的都要好處理百倍，當下我仍看著那跑起來一點也不龜速的烏龜傻住了數秒。呼，幸好救援這門學問正需要停個幾秒，我一邊默念「停，想，行動」口訣，一邊用腳把他趕離車道，張望四周——如今外來種烏龜居多，這不是誰家的逃兵或棄嬰吧？但從他走出的草叢推斷，很可能來自前一天下午我散心時闖入的濕地。轉眼間，停和想都做到了，只差行動。

送回濕地是第一個念頭，偏偏那不是一個普通的濕地，雖離馬路不過三百多公尺，那天下午卻讓我撞見一隻蛇正在享用青蛙當下午茶——準救援潛水員只用了一秒就得出結論：為了一人一龜的安全，絕不能夜間奔赴濕地。

必須行動了。我把晚餐的提袋挪出一個空間，把烏龜半哄半騙地放入袋中，加快腳步趕回訓練中心附設的民宿。

一到民宿，先把小龜放進浴室裡，他畏首畏尾地打量環境，任憑我又送水又噓寒問暖，仍不為所動。他能不動，我不能，忍不住為他沖了個澡、打濕環境，藉Google解密自剝落塵土中顯現的花紋：原來小龜是被稱作斑龜的道地台灣龜，沒有外來種問題，而且從濕地跑出來的機率最高，遣返即可完成任務。

是夜，我繼續攻讀課本，小龜在浴室裡叩囉叩囉的抓牆聲成了另類陪伴，一個心不甘情不願的書僮。

翌日，在Morris教練及玠文助教的幫助下，我們驅車前往濕地另一側，由我領著他跑一小段路，在確認其身心都朝著濕地、對人類世界沒有嚮往後放手。小龜還真的一點也不留戀，甫著地就昂首闊步，抖擻著精神，用力聞風的味道。

我也抖擻起精神，一路聞著風的味道，進行成為救援潛水員的最後考驗。

跟你說一個大魚的故事

前幾天臉書上流傳著一個消息：瀕危的龍王鯛被人用魚槍給打上了岸。文章附有一張照片，一隻倒在陸地的大魚，旁邊配著一個作為對照大小的黑色Nike拖鞋。據說，這魚已經在那生活多年，長約兩公尺，重達九十公斤。

龍王鯛也被稱作蘇眉魚，而較正式的稱呼是「曲紋唇魚」。我看到消息的時候，心情很複雜，有惆悵，有反省，有錯愕。今年我在一次夜潛中，也遇見了那樣的大魚。更早之前，我在無數潛水照片中見過他。照片裡的曲紋唇魚，幾乎總與潛水員面對面，體形略大或等同潛水員。我一直以為，像那樣的尺寸與距離，肯定是取景的角度；縱使每個海域對人類的了解程度與面向不同，我也不相信有魚願意那麼靠近，而且能好好地拍上一張照片。不過，曲紋唇魚似乎真的就是這樣。

我的惆悵也許有點造作，憂傷在多數人眼中，生命除了取悅一己之外，別無價值。網路上一片罵聲，但沉默下也有聲音。而罵聲之外，也有其他擔憂的聲音：因為瀕危，所以在乎？一隻曲紋唇魚的痛是痛，但還有好些被吃掉的鯊魚、鮪魚……各個縣市劃定一種魚，開始吃，幾年後，我們開始反思。

雖然反思，但我仍擔憂自己是造作得多，還是做得多。能感到憂傷、發覺憂傷，不是簡單的事，然而「停在憂傷」是。

我反省自己，也反省自己寫得那麼慢。不久前，我寫了一篇邂逅人生第一隻曲紋唇魚的文章。寫得不好，遲遲沒有見人。現在看來，全然沒有見人的必要。失去的這一隻曲紋唇魚，和我遇上的那隻，在意義上是一樣的。我動得太慢，說的故事太少，不能打動人心，終究讓命運裡會被射出的一槍，入了魚體。

我很錯愕，但不知道要先錯愕曲紋唇魚的消失，還是錯愕讓曲紋唇魚消失的人心。

所幸，一會又收到新消息，說那照片是七年前的。即使生命已然逝去，但七年畢竟改變了什麼，這點讓人稍稍喘口氣。紛紛擾擾後自我沉寂，我想著自己的曲紋唇魚，當時覺得和他沒互動、沒有故事，這一刻我們有了連結。

那夜，我被潛導領入沉船甲板，手電筒掃過四周，我們做賊，潛導比噓，將光線輕輕投在船艙中的一個凹槽，裡面安睡著他。很大很大的他，看起來很靜很靜。我知道他額頭有點凸，知道他嘴唇有點凸，知道他長著一張在我看來頗像人臉的臉，並且心底清楚自己對他不特別有好感，覺得，嗯，滿不好看的。眼前的他，因為有著距離，頭和唇都沒有那麼凸，不過並不會閉上的眼睛，看起來仍十分像人。

上岸後，我寫了一些同天看的魚，特別是游出礁岩覓食的薑鰻，然後這麼描述曲紋唇魚：

有魚不甘寂寞逛夜市，當然也有魚信奉早睡早起身體好。潛導把手電筒指向船艙稍淺之處——一隻跟我身長差不多的曲紋唇魚正睡在槽裡。不知道那個凹槽本來是做什麼的，也許是舵旁的小平台，但無論如何，現在這個洞恰好容納了這隻曲紋唇魚。好大好大的曲紋唇魚，一直以來我都只有在新聞上、雜誌上看過。潛導沒說可以靠近，我拿著手電筒的光遠遠試探一下。啊啊，他的嘴唇好厚，頭跟身體的比例極怪，真的好醜啊！我大不敢地這麼想。

雖然不是我喜歡的長相（我喜不喜歡也不重要），但看見這麼大的曲紋唇魚還是很教人感動，魚的多寡和大小，或多或少代表著一地生態。再說，看久了也萌生出好感，尤其是標本似地卡位熟睡在那，讓人不禁為已被列為瀕危的他禱告，希望他可以在這海下一路睡到老，睡得愈來愈大，永遠不曉得標本為何物。

我沒有辦法宣示平等地愛著每一種動物，但因那一夜看著他的睡臉，因潛導告訴我，我們可能差不多高，我對曲紋唇魚充滿了可以愛的情感。我甚至有點得意，未曾有過互動的我們所產生的故事，來自他全然不知道這一夜我看過他的睡臉。我在他記憶裡的空白，即是整個故事。

如果命運一定要有一樣東西打中另一樣東西，我希望是這樣空白的故事打中了人心。幾個小時後，網友們發現那號稱二〇〇九年被獵上岸的魚體，旁邊的Nike拖鞋是二〇一五年生產的款式。然後是更多證據。然後是被找到的魚肉。然後是鏡頭前表示懺悔的那個人。

原來，最後是這樣黑暗的故事打中了人與魚的心。

請讓我為你取名字

美國影集《生活大爆炸》（The Big Bang Theory）主角之一的Sheldon，曾在友人建議下買珠寶送給正在生氣的女友Amy。Amy收到這份禮物後更生氣了，覺得他俗氣得認為珠寶可以解決一切；不過，當她拆掉包裝，發現是一個皇冠，擁有少女心的她馬上大喊：「It's a tiara！Put it on me！Put it on me！」（是個皇冠啊！快為我戴上，快！）誇張的陶醉模樣不僅令Sheldon十分後悔，對友人說：「妳說得對，這太過頭了。」還招來粉絲特意剪下這一段，放在網上時時回味。

這樣的經驗我也有過，就在S為我指出潮間帶裡一隻從未見過的海蛞蝓……不為海洋生物著迷的人一時間或許無法理解，但只要親眼見識一次他的美麗，肯定能體會我的心情。

探索潮間帶最容易發現的海蛞蝓，是黃如馬蹄糕的眼紋海兔、帶著圓點的染斑海兔，以及深褐色條紋帶藍斑的條紋柱唇海兔。初次發現他們的喜悅我還記得，且隨著探索次數增加，面對同種海蛞蝓也會有新收穫，其中最顯而易見的是尺寸；第一年探索的月分較晚，多數長得有半個手心那麼大，第二年則發現了小到不足半片指甲的迷你海兔寶寶。連同大個兒一起拍下照片，回家放大欣賞，則又更驚訝地觀察到他們幾乎都臉紅紅——這不是羞怯，是急著找伴的反應，也實在太可愛了。

就我有限的經驗，比較華麗的海蛞蝓多是在潛水時遇到的、常被喚作海牛或海麒麟的，比起海兔圓滾的模樣顯得扁平，更有人們想像中的「蛞蝓感」——前提是沒有被那多彩多變化的外形給分了心，不然猛然看上去，會以為是一顆顆緩步滑行的軟糖。

那日，S找到的正是一隻我在潮間帶從未見過的海蛞蝓，其炫目的外表立刻緊緊攫住我的心。啊，簡直不敢相信有這樣的存在！曾在網路上看過各式海蛞蝓，每每讚嘆不已，但親眼看見這個網路上未曾出現過的華麗版，我驚豔驚喜得簡直是驚濤駭浪又驚慌失措……全都驚了一輪，才逐漸鎮定下來，驚為天人地宣布：「這根本是海裡的皇冠！如果他沒有名字，就叫皇冠海蛞蝓吧！」彷彿這物種是我發現似的，開始歇斯底里地對S吶喊「It's a tiara！」不能有比他更輝煌的存在了！

接著，我把相機探進水裡，拍攝一百萬張他的相片，要S和我一起用盡眼力細細欣賞：看啊，他那細嫩的荷葉邊先鑲了一圈薄白色，然後依序是比白色多三倍的橘黃邊，接著是再多五、六倍的桃紅心，這混搭多麼有層次、多麼有風範（隨光線不同，桃紅還會變化為桃紫，多麼高貴）！這還沒說到真正的軀體，那近似有毒的體色，以及身上一顆顆錯落有致的突起（它們看起來隨時能噴發毒液，但仍是我見過最美的肉瘤），直教我產生「不可褻玩焉」的情懷。然後是花一般的次生鰓，透白地綻放延伸，末端帶著幻紫色，如羽絨輕飄風中那樣擺盪於水下。啊！我的皇冠海蛞蝓！如果我的音樂學養更好，就該為你譜寫一首交響樂。

天色已暗的海邊，上岸後我和S連衣服都來不及換，第一件事就是翻書、手機上網，一心想知道這海蛞蝓的名字。

Dendrodoris carbunculosa，這一長串我無法發音的，是學界給他的名字。原來我們不是第一個發現他的人啊。那，我該怎麼用中文稱呼他呢？

大枝鰓海蛞蝓。

……大枝鰓海蛞蝓？就這樣沒有了？我的皇冠在另一人眼中竟是這麼簡單的幾個字，沒有更多意象了。我內心無比失落，想起莎士比亞的一句話：「玫瑰即使不叫玫瑰，依然芬芳。」私心決定以後在我的世界裡，他就是皇冠海蛞蝓了。

我把皇冠海蛞蝓發布在臉書上，立刻引來好友們關切。有人問哪裡可以看到，有人一連用了五個「哇」來讚嘆他的可愛；我更進一步把他設成公司電腦桌布，果然也有同事來相問：「那是什麼？」

「你不覺得像皇冠一樣嗎？這是一種海蛞蝓，叫作『大枝鰓海蛞蝓』……」一時不察，我脫口而出。「……嗯，你不覺得像皇冠一樣嗎？像皇冠一樣！」我再度歇斯底里地吶喊：「It's a tiara！」

後記：我在二〇一六年底遇見皇冠海蛞蝓，並寫下這篇文章。二〇一七年初，要在《中華日報》發表之前，發現當初參考的圖鑑把大枝鰓海蛞蝓（*Dendrodoris carbunculosa*，又叫突瘤枝鰓海蛞蝓）跟眼點枝鰓海蛞蝓（*Dendrodoris denisoni*）

給搞混了。也就是說，皇冠海蛞蝓的真實身分，是眼點枝鰓海蛞蝓。這個名字和他的模樣很搭，如果第一時間本尊與名字就對上了，我便不會寫這篇文章；然而，顧慮到報紙的印刷作業與正確性，發表時我選擇直接更正，用正確的名字來呈現，現在收進書裡，便想改回第一時間的認知，讓情感更流暢，也記錄下這一小段的曲折。那時候的我還不知道，海洋生物名字大混戰，日後將不斷上演。

眼點枝鰓海蛞蝓（*Dendrodoris denisoni*，又稱丹尼枝鰓海蛞蝓）在我心中，比皇冠還要璀璨。

禪之花

二〇一六年的最後一天，我和S說好，要趁這個連假跑兩回潮間帶，讓它成為一年的結束與開始。我們都很好奇，潮間帶經過二十四小時會出現什麼不同；我們也都沒對彼此說破，以不懷著希望的期待，想著上回的皇冠海蛞蝓（眼點枝鰓海蛞蝓）或許會再度現身。

皇冠海蛞蝓沒來，但S又有了新發現：一朵色如木、紋如蓮的海蛞蝓落在海藻上。我必須用「一朵」來形容，因為他實在太像花了，一朵禪之花。紫檀似的底色，雖布滿著高低錯落的肉瘤，卻奇妙地被白紋圈成了一瓣瓣，有圓有尖，有粗有細。既像新手為佛寺彩繪的蓮，盡心但難免一時不上手；又像是歲月帶走了一部分的彩漆，誰教光陰是水，海潮漲退。

相較之前的皇冠海蛞蝓，他多了一份沉靜、質樸，甚至讓我想起了秋遊京都廟宇的那種氣氛，楓紅與枯山水，人群與寂滅。拍攝的當下，我全心全靈於他，凝滯了浪濤與人聲。

以為這就是收穫了，當我滿懷「悟意」地把這景象帶回陸地，朋友們的反應卻教我眼界大開。Nina在LINE裡讚嘆太美了，我進一步追問：「妳覺得像什麼或給妳什麼感覺？」她回答：「大概是蝸牛的朋友？」呃，若以生物學角度來看的話，可以這麼說。「也像烏龜。」她又補了一句。我勉為其難的認同，竟換來她更遼闊的聯想，這下只好把問題直接導入：「妳不是稱讚人家很美嗎？是不是有點像花啊？」Nina想了一會兒，誠懇地告訴我：「真的很像『花椰菜』。」不久，臉友們也給了回應，除了上述的答案，還冒出「庫巴」（電玩《超級瑪利歐兄弟》裡的魔王）以及「釋迦」，後者更是獲得壓倒性多數，幾乎判定了這海蛞蝓就是蔬果感滿點……到底是我的審美觀有問題，還是他的禪意太無限，激發各界想像？

回到生物層面，不論看起來像什麼，這被喚作福斯卡側鰓海蛞蝓（*Pleurobranchus*

forskalii）的存在，確實與先前遇過的不太一樣：人字形的兩隻觸角、末端翹起的尾巴，再再勾起我的好奇心。進一步翻查資料，才曉得縱使同樣稱呼為海蛞蝓，其下種類卻相當多，光有紀錄的就上千種，所以福斯卡真的與被分類為無盾目的海兔、裸鰓目的皇冠海蛞蝓不同，為背盾目。

這些「目」究竟代表什麼意思？在二〇一六最後一天發現海蛞蝓的新家族，我決定把「目」當作海神的禮物。祂注視著我在長而深的潮間帶走廊探索，看著我走過無盾目、裸鰓目的房間，如今為我打開通往第三個房間的門，讓我的眼睛又能多看見一種動物。

潮間帶的美妙，就在於只要誠心，水淺也能有收穫；圖為福斯卡側鰓海蛞蝓（*Pleurobranchus forskalii*）。

我拍了好多張好多張，沒有一張如實呈現出海蛞蝓有多美。

魔門一刻

受到朋友邀請，上個月我以「動物當代思潮團隊」成員身分寫了一篇演講整理稿。講者是黑潮海洋文教基金會的解說員，在短短三十分鐘的分享裡，提到許多有趣經驗，而最吸引我的，是「接近海洋的多元方式」。

這真是個好提醒，若不想千篇一律吃海產、踩踩沙、泡泡水，想要接近海洋，還有什麼好方法？

考慮到每個人水性、熱情、荷包狀態不一，我通常優先推薦潮間帶：只要一點點車資，把握退潮時機點，在水淺至膝蓋處，即使是入門者也能有驚喜收穫。愛上潮間帶之前，我多是參加離島的探索活動。等累積了些許經驗，開始尋找離台北近的點，跳上火車，轉租腳踏車，沿著自行車道走，看到合適的海岸便捲起褲管進行搜索。這樣的玩法考驗體力，但有趣的地方也在這，沿途會經過各種不同的風景。

最迷幻的體驗，是穿過全長兩千多公尺、播放著〈丟丟銅仔〉的隧道。騎著騎著，人彷彿被神祕力量引導，有種等等就要回到上一個世紀，幹一場轟轟烈烈、改變世界大事的錯覺。

後來陸陸續續有朋友加入，有朋友會開車也有車可開，那自然沒道理拒絕被載的幸福，當作是保留體力等待發揮，屆時最好連美人魚都一起找出來。若朋友騎車，機動性強，雖然要忍受風吹日曬雨淋，但可以走的路線更多。我尤其喜歡其中一條山路，能格外感受到風的味道因地形、植栽、氣溫而改變；偶爾還能看見濕漉漉的柏油路，因倒映天空而閃現非常魅惑卻也高雅的藍。更重要的，不免俗的，路程中有一間極美味的香腸攤。

想不起來什麼時候開始，我們從趕著出發來不及吃早午餐、不得不吃香腸充飢，變成了習慣空腹，僅用一根香腸的熱量進行我們的探索。它像是一種獎勵，甚至是儀式，我們在心裡虔誠燃燒一炷香，期待在香燒盡之前有所收穫。

神真的很大方，我沒有一次空手而歸，收到的禮物更是不曾重複，驚喜連連。最近一次的大禮直接來自天上：回家的路上，我們撞見了一隻猛禽（可能是鳳頭蒼鷹或黑鳶），棲息於電線桿上。機不可失，我急急忙忙跑向他，伸著脖子仰望。那熱情騷動了他，一瞬間，鷹低頭了，我倆目光交會——我在那「魔門」（moment）失了神，全然被他屬於鷹的、野的、我未曾見過的眼神馴服。那個當下，他是探索者，我是海兔。

接近海洋確實有很多種方式。

我想起那天講師特別提到黑潮有個活動，會帶領學員先去蘇花古道，翌日再出海至清水斷崖，並請大家閉眼感受兩個場域的聲音與氣味——參與的人都注意到了，山海交界之處，聲音與氣味其實相似；海洋不遠，海洋與陸地連結在一起。

那日我看著鷹展翅離去，深深體會他的領空從來不侷限於一處。我們生活在這，所有事物都是連在一起的。

在潮間帶找到待發表的新種，藍紋章魚的近似種（學名暫用 *Hapalochlaena cf. fasciata*）。

Where's Wally？

《威利在哪裡？》（Where's Wally?）是由馬丁韓福特（Martin Handford）所創作的系列書籍，書裡有個名為Wally的主角，總藏身在人山人海中，而讀者的目標就是找出他。看似再平凡不過的尋寶遊戲，卻讓人很上癮，那感覺與潮間帶十分相像：你知道有東西在那，但不知道具體在哪，可是你願意相信自己找得到！我和S就這樣一次又一次奔往潮間帶，體驗「最新出版的《威利在哪裡？》」。

不同於書中的Wally老穿著紅白條紋上衣、戴著一個絨球帽與一副眼鏡，潮間帶的Wally可能是任何我們之前不曾發現過的生物；但就如同每次發現的Wally都是一臉從容、早就注視著讀者那般，潮間帶的動物也有相似淡定，一點也不受到我的驚呼影響，進食的進食，打盹的打盹。

通常發現Wally的是S，我們被海神「開眼」後，他連續兩回發現了較為罕見的眼點枝鰓海蛞蝓、福斯卡側鰓海蛞蝓。我心裡有點怨懟，覺得海神獨獨厚愛他，自己分到的不是已知的海兔迷你版（雖然也很可愛），就是沒那麼華麗霸氣、體形嬌小的燕尾海牛（頭長的有點像我老家的吸塵器）。縱使S的發現也代表著我的收穫，但總是當第一個發現的人比較驚喜（也比較有面子）。

於是我一個人愈走愈遠，趁著四下無人、浪濤聲掩蓋，開始一種結合碎念、山歌與咒語般的吟詠，對大海說出我心底的盼望：「請賜給我一點什麼吧，拜託拜託。」並且不忘撿起漂流的塑膠袋，時時把能力所及的垃圾一併收拾帶走。

這麼偽善的作法有點羞恥，但我實在想不到還有什麼方式可以表現誠意。我繼續唱著我的碎念咒語，漫無目的走在礁石上，極為迷信地想：如果海神沒為我點亮那個命中注定的生物，說真的，大海茫茫，哪有可能看見具保護色又存心躲藏的Wally呢？事在神為啊。

我走跳著，站上一個較高的灰色大石，環顧四周，希望出現神祕感應。

結果啥也沒有。

正欲箭步跳到另一塊石頭，腳下猛然騷動，似有生物要往上攀爬，未料碰到我。那生物有點大，莫非是超大超大隻的海蛞蝓？天啊，我在心裡激動得手足無措。待俯下身、鎮定下來，水面也終於靜止，我看見一個手掌大的東西躲藏在石縫中。

跳上對面的礁岩，細細再看一次——非同小可！是隻章魚啊！來人啊！是章魚！

我想扯著嗓門叫S來，但抬頭首先看見的是一群釣客、一群採集海藻的人，不曉得是敵是友，絕不能給人機會把章魚捉走。我拍了數張照片，直到感覺緩過神來，記好位置，賊兮兮地把S帶來。任憑你有千萬隻海蛞蝓，海神賜我一隻章魚也是待我不薄了。

這天以前，我恰好瀏覽過一些關於章魚的資料，像他們如何瞬間變色，以及根據國外的章魚研究中心指出，他們有著非常出色的學習能力：中心每天請漁夫捕捉一隻野生章魚，再請實驗室章魚向野生章魚示範如何開蓋取得食物，野生章魚看一次就學會了！

而我面前的章魚也不是省油燈，隔著水面看是紅色，手伸下去拍照的瞬間變成了藍白色，隨著相機的離開再度恢復成紅色。因為不敢置信，我大概整整拍了五分鐘，上上下

（上）我的章魚朋友（中華蛸，舊名真蛸，*Octopus sinensis*）。那天之後，章魚就是我的最愛。
（下）燕尾海牛（*Chelidonura hirundinina*），頭長得很像我老家吸塵器。

下，固執地認為是光線問題。S看不下去，「就是變色啊，妳上網看，他們變色本來就快。」我知道很快，但我從來沒有機會親眼見到那麼不可思議的事；就像穿越劇的古人總要把電視機前後檢查數次才相信裡面沒人，我也想仔細確認。

章魚大概也覺得不可思議，這個人前前後後拍了他十分鐘，究竟要做什麼？於是當我把相機放置在石縫前一段距離，開啟錄影時，他竟一反先前的謹慎，伸出了其中一隻手，往相機捲去。

章魚不大，最多兩個手掌，但我還是很恐慌，不曉得他是否會把整台相機捲走，不再歸還。一時沒想清楚，決定介入，把相機取回……我後悔死了，給他玩一下會怎樣？章魚會對相機做什麼，遠比相機重要多了。相機餓幾個月肚子再買就有，看著章魚把玩相機的機會只怕此生難再有。

拿回相機後，章魚似也敏感地察覺我不夠信賴他，默契消散，往石縫裡去，手不再伸出來。我自討沒趣，又擔心兩人在同個地方站太久引人注意，便和S轉向他處。

相隔兩周和三周後，我又去了同個潮間帶兩次，但沒有再遇見章魚Wally了。不過，章魚Wally啟發我兩件事：第一，活著的章魚帶給我的快樂遠勝章魚燒，我決心從此不吃章魚；第二，借用Wally那種尋寶的快樂，之後有機會當講師分享故事時，我不只播放清楚的生物照片，也嘗試放一些考驗眼力的，把探索的樂趣帶到現場，而效果出奇的好。

希望半師半友的章魚Wally，如今還在海裡悠遊。

海底有鵲橋

打從第一次知道牛郎與織女的故事，我就很在意那座鵲橋；故事書上畫著一隻隻身長如鴿的鳥，群聚成橋……但，那到底是多少隻喜鵲？喜鵲又是長得什麼模樣？後來看到真正的喜鵲，我被他的體形給嚇到了，足足比鴿子大了十來多公分。想想也是，若非如此，怎麼承載兩個人的重量。

一隻隻喜鵲搭乘的橋，一年年在我腦海裡展開，可我不曾把空中翱翔的群鳥想成鵲橋；那些鳥都有方向，維持著風箏般的隊形，並不密麻。反而是這回在Moalboal著名的「沙丁魚風暴」中，我首次體驗了何謂風暴、何謂密麻成橋。

這是我第四度拜訪Moalboal，第一次來，

沙丁魚風暴。

只知道此處有海龜，但沒見到，於是有了第二次；第二次見到了，相機卻突然沒電，只好去第三次；第三次見到了，可聽說這裡有個更壯觀的「沙丁魚風暴」時，非得回台灣不可了，只能留待下次。

然而，此時我卻染上了一種「看什麼都覺得是沙丁魚風暴」的病，所有記憶裡曾經出現的魚群，都被我一個個追問「是你嗎」，但那些身影不是小了點，就是少了點。為什麼總是在日常上演的「擠得像沙丁魚一樣」的主角，倒成了此生最難的邂逅？

三年多後，我有了第四次的Moalboal行，我和吳怡球、許小孩預先選定了最靠近沙丁魚風暴的潛水度假村，三人搭上小船，二十分鐘後，抵達一個看起來不太OK的點——海水混濁，離岸很近。有多近？近到我可以徒手游過去，近到離人煙不足二十五公尺。「先在這邊浮潛吧。」潛導Steve說。心不甘情不願的，我沿著梯子下水去，連呼吸管都不想帶，覺得這到底是要看什麼嘛。可是，我一下水就傻住了，接著如飛魚般躍出水面，吼叫著還在船上的兩人快下水。

吳怡球下水前的反應與我如出一轍，下水後彈跳起來的高度也很一致。沒有辦法啊，是沙丁魚，滿滿的沙丁魚。見過了這樣的景象，我頓時明白，過去還有空閒思考「這是不是風暴」的魚群，充其量只是一列列隊伍；唯有屏息，方能稱得上風暴。

然後我們想起了許小孩，她有密集恐懼症，這對她來說會不會太衝擊？曾一起在潮間帶探索，因礁石上滿滿藤壺而差點吐出來的她，給了我們意外的答案：「不會，因為我可以看見他們的眼睛。」

眼睛。

我再度潛入，仔仔細細地盯著一對對魚眼睛。龐大得幾乎能踏足的魚群，不是罐頭，不是都市裡的現象，是一條條生命，有著各自一雙雙眼睛，活生生，靈動動。

我又想起故事書裡沒有被畫上眼睛的喜鵲。如果我也能看見他們的眼睛，藏在裡頭的話語會是什麼？「再忍耐一下，牛郎就要走下一步了。」「真倒楣，當初到底是誰答應的？」「我們只要撐過今天就好，打起精神來吧。」啊，我真但願雲如水流，托起牛郎織女的重量，讓喜鵲的存在變作掩護，為他們把時光凝結於天上人間之外，全然屬於彼此。

心思回到眼前，流動著的魚群，既找不到頭，也看不見尾。盼了又盼的景象，一等就是三年多，誰也來為我把時光凝結吧。深吸一口氣，化入魚群，遁然其中。

危險與誘惑

「他們不會攻擊你嗎？」

這是在臉書上貼出沙丁魚風暴照片後，最常被問到的問題。次數多了，我們從「為什麼他們會這麼想」的納悶，變成「為什麼我們沒想過」。

我試著回憶至今在水下學過和遇過的事，的確不少海洋生物需要提防，有毒、有利齒、過於巨大敏捷……但幾次接觸裡，我更注意到的，是對海洋生物的恐懼，很多來自於陌生。海已是個不熟悉的環境，那些存於其中的生物，似因此比陸地上的更不可捉摸。

再說，很多時候我們之所以知道那些迷人的生物，正因為有人告誡我們要小心。海蛇是最顯著的例子，提起他的人往往把他跟劇毒、沒有血清幾個字綁在一起；鯊魚也不用說，多數人認為只要名字中有鯊字的，性情一定都像電影裡的大白鯊；而自從澳洲的鱷魚先生意外遭魟魚刺死後，過往形象溫馴的魟魚風評也下降了。

到底該如何看待海與海洋生物？最近我有了初步的想法：撇開明顯的異狀，與其說大自然或動物終究有其野性，不如說他們有他們的脾氣，有時像認識新朋友，需要摸索，有時像面對老友，偶有摩擦。

下面就來講講發生在我周圍的意外。

結束在Moalboal的最後一支氣瓶，眼看便要為這趟潛水旅行畫下句點，吳怡球卻在上船時被其他乘客指著尖叫——我們順著女孩的指向望去，天啊，她小腿上有著一個巴掌大的細碎傷口，和著未乾的海水，血液奔放蔓延。潛導Steve一改從容，正色問：「妳受傷的時候，有沒有看到什麼？」他想到的是毒性強的生物。但吳怡球很肯定沒有，於是Steve拿出一瓶白色帶酸味的液體給她，要她輕拍於患部，上岸後立刻用熱水沖。

返回度假村，店主Michèle撞見她在櫃台旁等熱水，臉色凝重起來，直問看見了什麼，又責備廚房漫不經心，身為潛水度假村的人員，怎能不明白嚴重性、不立刻提供熱水？他在我們心中一直是位談吐溫和、重視夥伴的紳士，從那樣的急迫裡，我意識到我們的無知與輕忽，平安可能是種僥倖。

隨著確定吳怡球是被珊瑚或礁岩刮傷，冒出來的疙瘩也只是過敏反應，Michèle的口氣緩和了下來，一邊繼續幫她潑灑熱水，一邊說明如何照料傷處。後來那痕跡花了半個月的時間才完全消除。

經過這一課，三人理論上會更小心。然而，很遺憾，我就是下個出狀況的人。

離開Moalboal後，我們去了Olango，頗有名氣的水鳥保護區。由於季節的關係，我們一隻水鳥也沒看見，但那濕地讓我想起「天空之鏡」，便拎起夾腳拖，宣布要赤足走到盡頭，看一看濕地後方的海洋是什麼面貌。

為了這個無聊的好奇心，我來回走了一個多小時，這不打緊，要緊的是因為環境景色太單一了，回程時居然迷了路，完全找不到出發的涼亭！怎麼辦？遠遠遠方那棵椰子樹有點面熟，先往那邊去吧。

我又走了好長一段路，愈走愈不安，愈覺得東南是西北，西北是東南。打開手機，想從一路走來拍過的照片做比對，但不是色彩鮮豔的小螃蟹，就是當初讓我醉心不已的天空之鏡。啊，那讓我腦海浮現「飄飄乎如遺世獨立，羽化而登仙」的感動景色，如今真要教我羽化登仙。

我開始慌了。出發前，許小孩和吳怡球擺明沒興趣，這下是否注定等不到救兵……絕望之際，兩人竟似捕捉到我的恐慌，赫然出現眼前，幾乎要教人以為是沙漠幻覺。

夏季兩點，陽光正盛，她們撿到我以後就往回走。我一路低頭佯裝無事，但頻頻心驚——以為熟悉的椰子樹根本有好幾棵，而涼亭附近卻一棵也沒有。靠著許小孩絕佳的方向感，三人終是平安歸來，我直到夜裡喝了酒，才有勇氣全盤托出。

話說回來，和許小孩在一起，這樣有點危險又沒有真正發生危險的情況，不是第一次。今年一月，我們一起去探索潮間帶，當時寒流來，除了幾種常見的海兔外，一無所獲。

眼看要無功而返，許小孩忽然發現石縫間有個不明物，「那是什麼？」我瞄了一眼，貌如橡膠小套子，帶有奇怪的縫合邊，顏色水藍迷目；不過，也很像保險套，我不想深究。

「海廢吧？」我說。

「可是怎麼會有這樣的縫合邊？」

許小孩燃起好奇心，我被迫加入推理卻也被誘發興趣，輪流拍了許多照片，並找東西間接戳戳看。最後，她決定用手捏起那玩意。雖然有點不安，但幾分鐘後我也按捺不住，摸了起來——滑滑的，似活似死，觸覺並未帶來更多線索。

我們帶著謎團離開，回家讀取照片貼上臉書，臉友給了解答。那玩意不是別的，就是傳說中的僧帽水母；碰上他，媒體喜用「世界第二（三）毒水母」來下標，網友更提醒海邊看到這樣的「塑膠袋」要趕緊逃，因為他們死了仍有毒性。

真相大白的一刻，許小孩和我頓時感到幸運，幸運之外，我還有點心悸。

僧帽水母（*Physalia physalis*），又稱葡萄牙戰艦。

藤壺之志

五月回宿霧，為的其實不是海，而是轉機去Butuan，參加英文老師Janine的婚禮。她和Jay一樣是我一對一課程的老師，負責口說。但那一日日的七十分鐘裡，與其說在學英文，不如說在交換錯過彼此的那些年。腦海不斷跳出：「十年修得同船渡，百年修得共枕眠。」我上輩子是怎麼修，修得一個跨海的緣分，情同姊妹？

十月底，Janine與先生來台，熱情招待自不在話下。惦記她愛茶，最後一天特意帶他們去貓空，看山喝山。其中有一條通往壺穴的步道，我們運氣好，一連看見了許多平時沒注意過的小東西：綠瓢蠟蟬、簇生鬼傘以及羽化失敗的青帶鳳蝶。

我對那青帶鳳蝶特別感興趣，拍下的照片許多友人見了都以為他還活著，到最後明明在現場的是我，一時之間竟不肯定自己是否打擾了一場蛻變。但那青帶鳳蝶其實是死的，或許剛逝世沒有多久，所以身上仍帶著色彩。幾次與生命擦身而過，我深刻體會萬物活著的時候雖看不出發著光，可一旦失去呼吸，就是蒙上了一層灰。這當然有它的科學因素，然而我對那樣頓失光采的一刻既著迷又恐懼。它既展現了生命的神奇，也展現了生命的無情，不管怎麼努力，那一刻沒有了就是沒有了。你一點辦法都沒有。

初初踏進死亡之門的青帶鳳蝶，揭示了一個神祕時刻：羽化的瞬間，羽化失敗的瞬間。說瞬間，不太準確，我曾陪一隻蟬一起走過，那漫長且難熬，我幾乎能感受他的焦躁——這是他的第一次，原來要這麼久，他卻沒有任何準備，蟬生充斥萬一。青帶鳳蝶便是經歷了萬一的版本，世上存在著羽化失敗的人，儘管網路上轉分享的往往是成功者的縮時攝影。他為什麼失敗我不得而知，但被納入了吐息之間，世界一直在發生、而過去無從介入的時刻。觀看也是一種介入，不足十年去修得一場同船渡，可有三五年修得一眼一瞬間。

我想，這是何以自己對「小東西」無法抑制地充滿好奇。曾經想過，若得七天、十天假期，比起去看很多很大的生物，我也能滿足定定在一處岸潛，專心用一支兩支氣瓶的時間，只對一處的魚群觀察、發呆。我總覺得，那才是魚的常民生活，就像有人旅行一定要上當地菜市場，認為這才探進了異國真實面。

這樣的機會暫時還沒有，不過幸運地陸陸續續在潛水過程裡有一些相似的喜悅。第一次是在馬來西亞的Mantanani島，下潛時幾隻鮣魚跑來，繞著我們打轉。那天我光看他們就圓滿了，一直拍照一直錄影，對他們的泳姿讚嘆不已。每一種魚都有一種迷惑人心的泳技，注視超過三十秒靈魂就會被帶跑。我對鮣魚充滿好感，除了他們常常和我心愛的海龜一起出現，和絕妙大魚鯊魚一塊露臉，也因為我的人生中有兩段鮣魚時光：大學休學轉學考的一年和辭了第一份工作、改做自由業的兩年。那時生活靠的是少少的積蓄，努力用各種管道賺取最低收入，並擺出堅強但需要同情的面孔，接受家人與S的接濟。S笑我是鮣魚，跟著他這條大魚吃飯。可我不像鮣魚安於大魚剩食，我的食量在驚人、普通驚人之間遊走。

在Mantanani首次邂逅沒有寄主的鮣魚，特別的際遇領我回去找他們的資料來讀。一讀，才曉得自己真是一尾鮣魚，因為他們是生物課講到「片利共生」時最愛舉的例子：兩

（上）在 Moalboal 拍到的長鮣魚（*Echeneis naucrates*）。
（下）在沙巴拍到的長鮣魚（*Echeneis naucrates*）。

物種間，其中一種生物因這個關係而獲得利益，但是另一方在這個關係中沒有獲得任何益處。何止沒有，網路上還有很多他們的負評，說雖然過去人們對鮣魚的印象，是撿大魚吃剩的食物為食，但有不少鮣魚仗著自己又小又敏捷，會咻咻咻地搶奪大魚食物，待大魚氣起來便吸附其身，誰都拿他沒轍。而且，他們也不是皆樂意回饋大魚、幫忙吃體外寄生蟲的。有些鮣魚不但不吃，還搶食搶得厲害，讓寄主瘦成皮包骨……家人與S很「幸運」，我縱然是尾鮣魚，可不怎麼自我中心。

第二次喜悅來自綠島，觀賞一群條紋豆娘魚。這種走踏潮間帶就能看見的魚，一般不會有人專程去看，但當時我們正在執行潛水最後階段的安全停留，無事可做，又碰巧位在浮潛者偏愛的餵魚區，許多魚都湊了上來，條紋豆娘魚尤其多。這下，我真把這種很常見的魚仔仔細細地看了一遍。由於習慣人類餵食，他們並不急著從我身邊游開，甚至，他們經過面前還刻意放慢，強化出場地給了一個slow motion——也可能是我第一次這麼近地看，而剛好他們又慢了一咪咪，於是產生這般幻想。

魚體配色加上綠島誇張的能見度，每一隻條紋豆娘魚的鱗片都「栩栩如生」了起來。必須如此不當比喻，因為那一瓣瓣的鱗片完全沒有過去其他海域的朦朧美，斷然在美肌軟體中棄「柔膚」選「銳化」。一瓣瓣，這隻偏好黃鱗多一些，那隻鱗上有傷有故事。我在三分鐘裡，拍到了「魚相」，魚鱗之相，以及魚臉之相。

介入，與一群條紋豆娘魚同船渡，這愉快，我不認為不足為外人道。

走過鯽魚時光，習得所有擦肩都要因緣俱足，現在喜歡坦率地告訴別人：「抱歉，我這人沒有鴻鵠之志，只有藤壺之志。」藤壺，幼蟲自由生活，而後於一處定居，常見於礁岩、船底，有的還會賴在鯨身上；看起來再平凡不過，但能適應潮間帶衝擊的生活，也能跟命運之鯨去冒險。

紅樹林下的糖果屋

划著槳，看著眼前一波波與自己為敵的浪，我學起電玩《大航海時代4》的水手：「報告提督，前方有暴風雨！」「報告提督，前方出現了海怪！」但前座的S只是一個勁地拚命划，完全不回頭。當我演到獨木舟上出現鼠患，「報告提督，船上有許多老鼠，再這樣下去糧食就要被吃光了！」他終於停下手中的槳，回頭瞪我：「信不信我用這個把妳打下船？不划就不要講話！」

好！氣起來不划了，讓他一個人逞英雄。明明就是海流很強，抵銷了兩人的努力，居然懷疑後座的我沒有出力。

十幾分鐘後，我們被打上了岸。那個岸，距離我們的起點只有半公里，如果用走的話，大概已經往返三次了吧。「你覺得當初陳楊文老師來的時候，有遇到這樣的浪嗎？」「不知道，但我放棄了。」S無精打采，我把獨木舟拖上去放好，一面就地浮潛，一面想像讓老師驚豔並大力推薦的那座無人島，周邊海域該是多麼精采。

略作休息，我要求S再試一次，豪情壯志地乘風破浪。

這是我們在龍目島的第二天，目標為挑戰划獨木舟去小島旁的小小島；據情報指出，小小島生態豐富，不容錯過。自己划

錯綜的根吸引了許多動物躲匿。

船浮潛、探索潮間帶，都是我從未做過的事，滿腔熱血，豈會被一點點海流給摧毀。

一點點海流不行，但很強的海流可以。不知道第幾次被打回岸邊，我索性跳下船，牽著獨木舟像遛著狗，毫不留戀地歸還給店主，順便預約一艘螃蟹船。人力到不了的地方，就要靠科技！以預約叫車的概念，善用螃蟹船通勤。

這一回，不用十分鐘我們就到達千思萬想的小小島，應S要求，先徒步環島一圈——才三十分鐘！然後，我們開始浮潛，但為了安全起見，不脫離登陸區，且隨時準備求救；儘管再三確認，還是有點害怕錯過船夫，萬一他來了沒看到人，就這樣一去不復返，或是把兩小時後來接我們，聽成兩天後來接我們……這裡既沒有手機訊號，也沒有任何果樹，雖然我很喜歡在健身房一邊跑步一邊看Discovery荒野求生節目，但並不想實作或演出。

沿途風景真的很有趣，是尚未經歷過的長長海藻加上沙地。我想起小時候校外教學去海生館，曾非常迷戀其中的巨藻森林，足足有三層樓高，視覺遮蔽之處，彷彿會有傳說生物閃現。我對那種迷幻場景非常沒抵抗力。這裡的海藻不過半個人高，可是沒關係，只要運用想像力，漂浮其中還是很有味道。

然而，半小時過去了，怎麼S和我均沒有收穫？這不尋常啊！就算我們功力未到，這些年也累積了一些眼力，不太可能都沒有發現。到底很值得一看，讓專家念念不忘的生態是什麼？

據說人類面對不如預期的結果，可以分成兩種心態：一，就只能這樣了，收工吧；二，只是還沒成功，再試試。S屬於前者，宣布不想再泡在水裡，又冷又無聊，他要去抽根菸，順便研究有沒有可能撿些樹枝生火。我屬於後者，宣布要去探索前方礁岩區；划了那麼久的舟，忍下用槳把前座擊暈戳到海裡的衝動，為的就是在未知裡尋得一場轟轟烈烈啊。

來到礁岩區，藻類漸漸改變，換了一批較伏地的品種。接著，前方出現一株獨立生長的紅樹林植物。帶著謹慎的態度，我緩緩靠近它。

正如預料，錯綜的根吸引了大批生物隱居，尤其是幼魚。如果說前面藻類小森林有暗藏奇獸的可能，這裡無疑就是，呃，海中糖果屋，黑女巫隨時會推開偽裝成樹根的門，請君入甕。但我們不能看表象，瞧瞧成群伏游其間的天竺鯛多麼快樂啊，一個一個臉上表情都像曬太陽的貓，不怎麼防備，相機可以靠得好近好近。

這種時候也特別能驗證書上說的，幼魚藉群游來減低被捕食的機率。根的深處，就藏匿著一大窩鰻鯰。倘若是個獵食者，這時候不要說不知從哪下手好，面對此等數量，還真有點擔心被反過來獵食。他們滑溜滑溜的游動方式，滑溜滑溜地讓人背脊發涼。慶幸對於吃掉彼此，我們都少一份實踐力。

不久，S的吆喝聲傳來，不是火生好了，是螃蟹船來了。船夫沒有忘記約定，但顯然也記得不大清楚，提早了半個小時。留一個人在岸上觀望是對的。

「妳明天還要來嗎？」S見我興致勃勃，不安地問。

「不了。」他鬆了一口氣，然後聽見我說：「Lalu告訴我，屋子前面海域就有海馬，明天來找海馬吧！」

要找能進擬態界Top10的生物？S的眉心像紅樹林的根一樣糾結了起來。

鰻鯰（*Plotosus lineatus*）的小魚群。儘管單一隻魚很小，但我看著看著會害怕他們團結力量大。

不願交出眼睛的動物

受詛咒的草摩家族，自古以來總會有幾個族人被神明選上，變成「被異性觸踫，立刻變身動物」的體質，其所幻化的動物，恰好是十二生肖加上一隻「貓」……雖說生活因此諸多不便，但也有那麼一點好處：擁有生肖詛咒的人，不言不語就能吸引同種動物。這出自《魔法水果籃》的情節，令飄蕩在峇里海的我好生羨慕，想擁有那份詛咒，順便改成屬龍，只因海馬也被稱作龍的私生子。

數日裡，我在水中又冷又絕望地一遍遍搜尋海馬，所有能做的事情都做了。我聽從Lalu指示，選擇他出沒過的沙地，瞪視每一叢可疑海藻，如煮海帶湯般考究，以眼代手刷過一片又一片。我也在夜裡細讀資料，銘記他的生活習性，看著書中所附之圖，觀想一隻海馬的喜怒哀樂。我甚至改編了宋冬野的〈斑馬，斑馬〉，應景地哼唱〈海馬，海馬〉。

無奈天地之大，泥沙之細，海馬之卑鄙（人家並沒有），我終究只能獨愴然而涕下。唱至「海馬海馬／你回到了你的家／可我浪費著我寒冷的年華／你的城市沒有一扇門為我打開啊／我終究還要回到路上……」實在非常真心，很想找冬野兄喝兩杯。說到喝兩杯，S倒是早早放棄，在陽傘下小酌昏睡。日有所思，夜有所夢，也許此刻他已經看到海馬了吧。

龍的私生子，不願意對我「交出眼睛」；這是友人某年去部落遊玩後告訴我的說法。那回她意外受邀參與夜間狩獵，親眼見識少年如何彈無虛發，每每一個閃身沒入黑暗，扛著獵物歸來。她驚問少年怎麼辦到的，他回答她：「因為他們交出了眼睛。」月光下，他們回應他的頭燈，同時交出了眼睛與性命。

我喜歡這個表達，既鮮明展現獨特的世界觀，又無比貼切地形容了探索有收穫的神妙——雖不以那些「獵物」來維持肉體運作，可四目相交的一刻，我以發現、以攝影、以互動，吃下我們之間的連結，心臟撲通撲通地跳著，血液為之奔騰，因而「活了下來」。

你能找到隱藏在其中的魚嗎？

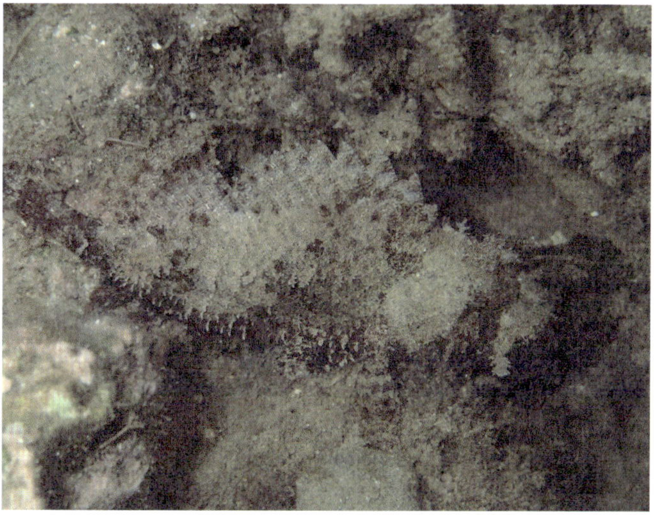

（上）表情如收假的我的茸鱗單棘魨（*Acreichthys tomentosus*），也是隱身的高手。
（下）某種石頭魚，他們總是非常善於隱藏自己，我常常得要先看見眼睛才能連出他的身影。

這樣一口口的吞嚥，自然也包含書寫。所以起初期許自己一場一場邂逅地寫，相信每一個動物都有了一則故事，便對得起連結。然而，這幾年持續以海洋為主題創作，我後知後覺地領悟，有些連結渾然天成，可以當下生食，產出文字；有些連結適合和其他經驗一起料理，花費心思以後端上桌；有些需要釀造，時間可能很長，偶爾我性急開封，那東西被攪壞了，再也沒有了；有些則拿它沒辦法，注定徒勞、等到忘掉。不同的連結需要不同的應對，一個個安以粗糙故事的作法，不過枉然。

這樣說來，我的身上或許早有了詛咒。名為「期待變身」的詛咒。

重新為探索時光累積空白吧。去適應沒有海馬的海藻群，忍耐它藏著故事，而此刻並不想向我顯露。

Anilao的神之眼

他逕自從我手中抽走相機，二級頭一吸一吐間，對著豆丁海馬猛按快門。相機還勾著我身上的背囊式BC，人跪在二十五公尺深的沙地上，不敢張望面前海扇；要是些許晃動驚擾拍得正起勁的Joel，不知道會被怎麼翻白眼喔。

發呆看著他吐出的氣泡，忽然困惑起來，為什麼會落到這步田地呢？BC下的防寒衣、套鞋、蛙鞋，乃至口中的二級頭、連著氣瓶的一級頭……怎麼回過神，我就成了一個有重裝，還千里迢迢跑到菲律賓Anilao潛水的人？

記得，最早是大四的選修體育課，想說都入門了，不如就去考一張執照。接著，想說都有執照了，不如有機會就潛潛看。潛的時候覺得海下好美，生物萬千，親友看不到實在好可惜，我買了相機。有了相機以後，意識到唯有徹底融入水中，控制浮力，方能取得完美構圖。要抵達那一步，必先擁有自己的裝備，於是，卡刷下去，撒錢於海，無聲無息。喔，不，我是有聽見自己嘆息的：「以前一直想著什麼人會買整套裝備，原來就是多年後的我啊。」店家安慰我，大家都是這樣走過來的。

過了五分鐘，Joel向我舉起相機，先打手勢埋怨型號太舊害他拍不好，然後回放照片，告訴我一張合格的豆丁海馬該是什麼模樣。我做出好學狀，他滿意地點點頭，命令其他潛水員去接受考驗。

看別人也跪在海扇前，心底忍不住偷笑。如果這時候有其他潛水團經過，想必會以為我們在考水下攝影吧，誰能想到Joel只是微距組的潛導？他不止火眼金睛，還很霸道。由於要拍攝的生物極小，我們的潛點多是沙地，看來十分荒蕪，但他總能在遠遠幾公尺就瞄準石上跳蚤般大小的東西。那些東西不僅小，有時還有很強的擬態，真放在眼前也不見得能看得到。好幾次搞不懂他到底要我拍什麼，只好對著一個大概的方向按快門。Joel一定看穿了，他舞動探棒，生物微微左移，我恍然大悟，要拍這個啊。所謂的有眼無珠，就是如此吧？

不過，我的有眼無珠和見山是山、見山不是山、見山又是山一樣，是有三重境界的。

階段一，Joel指著一株海藻要大家拍，我自認眼尖看見旁邊的比目魚，便把鏡頭給對準。那比目魚好可愛，不足一個手掌大，我第一次遇到，肯定很稀有。但Joel大手擋住鏡頭，硬生生轉往海藻。我不放棄，再轉回來。他也不放棄，又轉回去，還一次次調整角度，終於讓我看清那株我以為的爛爛海藻，其實有一對眼睛，是一隻忍者海馬，假裝自己「種」在沙地裡。

有了階段一的經驗，我沒敢再違逆他。可是，即便不想違逆他，看不見的東西就是看不見。於是進入階段二，觀察他用探棒梳理一顆石上的不知名藻類，要帶出什麼東西。

我凝視了很久、很久、很久……久到Joel看不下去，輕輕點了一下狀似石髮的東西，石髮竟然走起路來——是一隻長毛的躄魚，活像金庸裡的歐陽鋒！

看見了，我也看得見了！大口吸氣，瘋狂點頭，心滿意足地拍了好幾張。拍完正想收工，Joel卻拉住我，要求檢查成果。畫面一切，他咬著二級頭的嘴巴嘰哩呱啦個不停，不知說的是英語還是塔加洛語，全都化成氣泡往海面奔去，比手畫腳要我留心他怎麼拍。還回相機時，他惡狠狠指了指螢幕，低頭一看，毛躄魚被拍得極為威武，好像在瞪我。一抬頭，正是Joel的表情，沒握探棒的手，做了個挖人眼睛的動作。直到今天我還在想那手勢的意思，並且推測出兩個可能：一，妳再拍出這種鬼東西，小心我廢了妳的招子；二，拍躄魚，妳必須拍到眼睛。

到了階段三，大致能拍出Joel想要的畫面（也可能是他認清我和相機的極限），他把更多時間花在找生物上頭，在小小一區安排好每個人要拍攝的主題。我在這個信任的過程裡，學會了一件非常重要的事：如果很想拍不夠稀有（非人生中首次見到者）、不夠小（超出指甲片二分之一）、不夠擬態（未滿五次就對到焦）的生物，一定要趁他轉身。我讓相機停在小花模式，自己退開一大步，看大家都投入在微距的星球裡，宇宙如何繼續運轉。

Leo非常專注在拍……嗯，我這個距離看不清楚，但用蛙鞋想也知道是個很傷眼的生物。他浮力控制佳，不揚沙且趴臥如山，居然吸引了一隻年幼的獅子魚自礁岩中現身，游至他腿邊窩好，以為Leo再也不會離開，能當他屏障。

玠文則被Joel纏上，在拍另一個海扇——我本來以為是這樣，但Joel手指不斷變換數

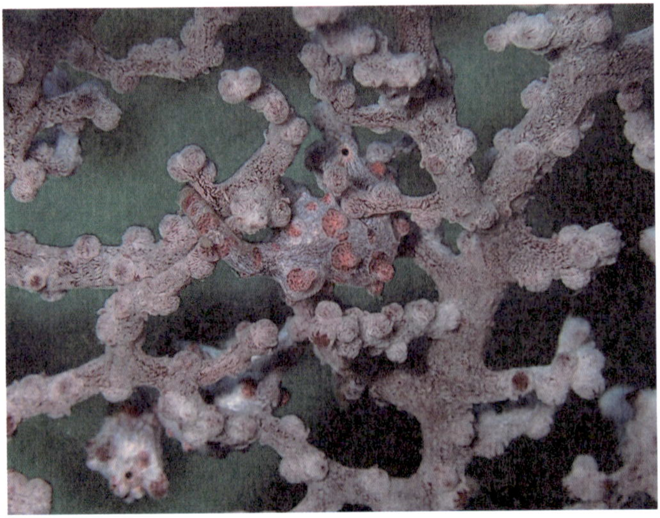

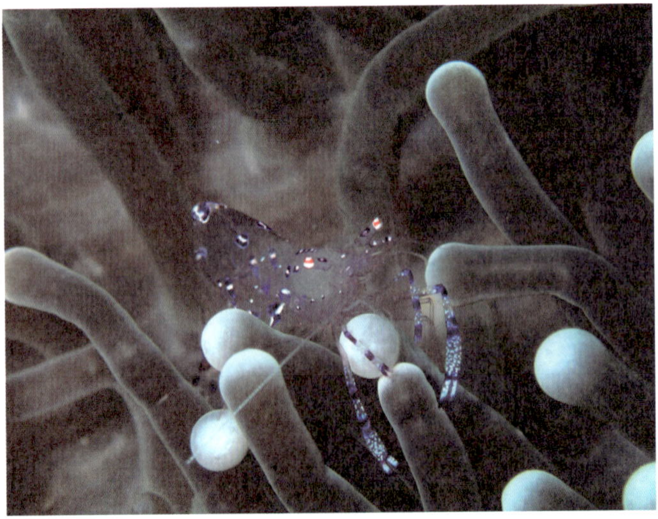

（上）巴氏豆丁海馬（*Hippocampus bargibanti*），極小型海馬，成熟體長也僅約 2.7 公分，藏在紅色或黃色海扇上頭，找到我雙目快流出血淚。

（下）他迷幻的紫色從此縈繞我心頭，絕美的金星海葵蝦（*Ancylomenes venustus*）。

（上）再看一次覺得信實角枝海蛞蝓（*Goniobranchus fidelis*）好像海蛞蝓版的丸子三兄弟。
（下）如果你困惑自己需不需要吃葉黃素，就試著在潛水時獨力找出一隻哈氏長額蝦（*Miropandalus hardingi*）。

字，難道在考她數學？後來玠文告訴我，Joel在拍照前把海扇上的豆丁海馬全數了一遍給她聽，數一數還說：「不對，不是五隻，是七隻喔。」玠文不知該做何反應，只好比個OK。

S是唯一沒有相機的人，先前幾次潛水常拉著我們看他發現的寶貝，讓Joel跳腳，好似拍了那些又大又顯眼的生物，傳出去會損傷他名譽。然而經過這些天，單靠眼睛記下生物的S，或許最得Joel真傳。他靠一己之力找到了紅毛猩猩蟹，喚我過去，也吸引了Joel的目光。像抓到學生作弊，他緩緩游來，卻在與小蟹對上眼時瞬間軟化，做出「請繼續拍」的手勢。

至於我，退得真的很開，欣賞起一隻海鰻。印象裡，他們白日多躲在穴中，但眼前的卻一反常態在外游動，甚至從我腹前大剌剌經過，讓人不禁用相機追蹤下去。一錄，怪事接二連三出現，有兩條大魚跑來，相伴他左右。大魚不小，但也沒到足以與海鰻匹敵，如果是我就不會靠他這麼近。正這麼想，海鰻竟跟著兩隻大魚往前游去，彷彿前方有什麼事正在發生，只有他們才知道。回程時，我轉述給大家聽，玠文很敏銳，想到之前引起討論的網路影片，告訴我們潛水員發現海鰻會和其他魚類「相揪吃飯」，合作狩獵。

經她這麼一說，我益發陶醉地欣賞相機裡的戰果。大的小的都這麼迷人，就是為什麼我會落到這步田地的原因吧。還要感謝那位簡直擁有神之眼的男人，為我們指出這麼多生物。

忘了是哪一支氣瓶結束，我們漂在水面上等船，Joel很遺憾地對我說：「妳平衡做不好，所以耗氣兇。」一支氣瓶可以潛多久，有賴潛水員對呼吸的掌握，偏偏我常在他興味正濃時打出剩多少bar的手勢，宣告整團得一塊去做安全停留，打道回府。

「對，我承認。」技術不到位是事實，但也忍不住補充：「除此之外，我還花了太多力氣倒抽一口氣。」

他大笑，想起我的連連驚呼。唉，當一個人為你指出米粒大小的海蛞蝓時，你不能不多吸兩口氣，直覺整個人都要被他們的超迷你給弄暈過去。

「你真的很強，你的眼睛太好了。」

「為什麼這麼說？」

我再次倒抽一口氣，「天，你找到那麼多東西欸！」這些話從來沒有人告訴他嗎？

「這是我的工作。」

「那你真的做得太好太好了。」深深嘆一口氣，心想英文裡還有什麼字眼能形容此刻的敬佩。不，英文裡沒有，我熟悉的中文裡也沒有。「你好到我找不到形容詞。」

Joel淺淺一笑，收下了讚美。

直到很後來，才有人告訴我，他根本是國家地理雜誌御用潛導。大師不愧是大師，當你以為自己終於長出眼珠時，就來到了無珠的第四種境界。

（上）美麗異鎧蝦（*Allogalathea elegans*），魔幻長相讓人分不清到底該用什麼關鍵字查詢。

（下）條紋躄魚（*Antennarius striatus*），又稱娃娃魚、青蛙魚。為了寫圖説，我在查找過程中發現他和毛躄魚（*Antennarius hispidus*）極易混淆，判斷方式之一，居然是看餌球有沒有分岔—這就好像在説「單馬尾和雙馬尾的我，其實是兩個人」啊！雖然那個不真的是他們的頭毛，但我還是覺得好好笑又好崩潰。

閃閃發光的夜

前陣子因為工作的關係去了綠島，機會難得，便把握時光，在島上暢快地探索潮間帶。

原本我想的是和夥伴自行搜索，但行前偶遇Morris教練，他告訴我有位導覽員很厲害，務必一會。於是，我循線找上了王羽翼教練的官方臉書，並依約於晚間十點至店門口集合。

一進店裡發現導覽員不少，哪位才是王教練呢？我報出Morris大名，一時間眾人目光向一名男子聚集，傳話似地一個交代一個：「欸，Morris介紹的。」

然後，其他遊客兩人一把的手電筒，我與夥伴們就變成一人一把，又驚又喜又有點羞。

可我們真的配得起那把手電筒。當一群遊客還在研究海參是什麼的時候，我們已試圖自行找出點什麼。我更注意到，一團配兩名導覽員，剛剛那位遞來手電筒的男子，似乎有意分工，將導覽部分交給另一位教練，自己專注在外圍搜索，隨時回報收穫。這舉動完全打中我，心一橫，探頭探腦地跟過去；在彼此指認了幾隻海兔後，我確定他就是Morris口中的王教練，他也發現我們「有點古怪」，便爽快認領：「妳們四個就跟著我吧！」

我們開始走一般導覽不會走的路線，開始觀察一般導覽不會觀察的生物。談笑間，我和夥伴改口稱王教練為「老大」，一行五人狂熱如劫財又劫色，使勁盯著海面下瞧。

老大見我們愈發露出那種近乎癡漢的表情，忍不住道：「只有妳們這種瘋子才會想看這些啦！」我們嘿嘿嘿地笑，按下第三十七次快門，告訴他這些美得要拍上一百萬張。老大「稱讚」我們很浮誇，繼續去找其他生物。

「誰說要看扁蟲的？這裡有。」

我答答答地跑過去，「我要我要，扁蟲好朋友。」

「誰要看海蛞蝓的？這裡。」

我又答答答地跑過去，「我要我要，海蛞蝓好朋友。」

老大聽不下去了：「妳什麼都好朋友！」

老大啊，海裡能有什麼壞朋友呢？

後來老大找到一隻非常非常華麗的蟹，特別停下來，手電筒照著：「一般螃蟹我是不介紹的，但這個要說一說。這是有毒的『銅鑄熟若蟹』。銅鑄，生熟的熟，若是，嗯，若蘭的若。」

若蘭突然出現，又出現得那麼自然，我愣了一下，問：「老大也

記住了，這是有毒的銅鑄熟若蟹（*Zosimus aeneus*）。

讀金庸？」他沒來得及答，我們七嘴八舌好多事情想知道，問題覆蓋了問題，有人驚呼：「天啊，這麼拗口，記住這個名字會不會很得意？」老大直白回：「當然是覺得『幹，終於記住你了！』」

我們試著複述生疏音節，追問幾次那字的排列，老大卻不太願意解答，鬧彆扭似地說：「反正肯定過兩天就忘。」做這一行，想必遇過不少負心人。可話又說回來，老大真是太看得起人了，相忘於江湖其實只需要一個轉身。

不過我還是承諾：「你再說一次，我寫在臉書上，再怎麼忘，一年以後它也會提醒我。」

銅鑄熟若蟹，老大在沒有月光的海面上拋出朗朗清音，我真的記住了。

那晚，我們十二點多才回到民宿，但不約而同地想著，明天要再來一次。

「這麼想不開啊？」是老大又見到我們的第一句話，嘴角帶著淺笑，大概兩邊都有種遇到知己的感覺。有了第一夜的經驗，他清楚我們不喜歡傳統奇觀式導覽，一開始就把我們和他團帶開，往人跡少的地方走。

「找點什麼給妳們拍呢？」老大喃喃自語。

「什麼都好啊！」

「有些昨天已經拍過了。」

「還可以再拍啊！昨天不一定有拍好，而且他們這麼美！」

老大頓一下，笑了。

之後當然又拍下許多令人印象深刻的動物，不過我們偷偷在心裡笑的，是不知不覺間，老大會說：「橘色的（外套），這是妳要拍的。」「灰色的（外套），過來。」把人分配到不同水窪，並交代：「妳就在這裡拍三百張，我繼續找。」那是我們的語言呀。

期間，老大發現被漁網纏繞的鈍額曲毛蟹，「這個給妳們救。」但見我們笨手笨腳，簡直折騰人家，「唉，妳們太溫柔啦。」三兩下釋放了鈍額曲毛蟹。

不久，又看見一隻被纏繞的柄真寄居蟹，他氣起來說幾句埋怨話，心疼動物們的遭遇。我瞄一眼那柄真寄居蟹，居然分了家，不敢再想他因掙扎變得如此，還是遭遇了些什麼。

老大還說起對商人販賣星沙的不滿。我們沒買過，搞不太清楚，他於是就地抓起一把沙，說明商人如何以外型把它包裝成太陽沙、月亮沙，諸如此類的噱頭，令本來能成全其他生命的，變成遊客家中積灰塵的一瓶死沙。

我腦子往那個方向鑽，因此當再看見一尾被漁網纏繞的魚，直覺就問老大要不要解？可他嘆口氣，轉身丟下兩句：「留條活路給人家吧，留條活路給人家吧。」對比方才的激動，我一下子反應不過來。夥伴提醒：「魚可以吃，但那柄真寄居蟹等等，對他們卻是沒用的，困在網中白白送掉性命。」

啊，忽然了悟，在這片海域、這片潮間帶討生活，人人都成了一張漁網，撒出去就是糾葛。比如自己不喜歡的奇觀式導覽，那也是在討生活，且不難想見有些人會喜歡那樣的方式。儘管不支持，在釐清自己想要怎樣的導覽之前，想必也從中得到過養分，只是後來幸運走上一條比較溫柔的路。

對於生命，謀生的，被拿來謀生的，仔細想想，或許只有比較溫柔，沒有足夠溫柔。

我們的探索在爬過幾個消波塊後畫下句點。回民宿時快兩點，眼皮沉得不得了，眼珠子卻光潤起來，隱隱約約地化作一對潮池。

空杯麗葡萄螺（*Lamprohaminoea cymbalum*）。

（上）被漁網纏繞的鈍額曲毛蟹（*Composcia retusa*）。
（下）潮間帶也能看見海蛇（黑唇扁尾海蛇，*Laticauda laticaudata*）。

篝火

「等等最重要的事情，就是學會放棄。」Tej說完後，張望了一下，俐落地背滾入水，然後是我和T。慢慢踢離岸，就著月光打手勢，下潛，五層樓深。

夜無色，水正涼，灌入防寒衣裡教人忍不住顫抖，蛙鞋也隨之揚起滾滾黃沙。一邊調整呼吸，一邊調整浮力，我在三兩步距離外等他們確認方向，面朝外海打出三道形如熱氣球的光，綠幽幽地召喚遠方。

那燈色有點儀式的模樣，亮是很亮，也把周圍映得更加無光，我忽然怕等等來的東西會超出我們的預想。Tej與T都散了開，海下也沒辦法找人說話，只好抬頭眺望海面，眺望海面的月光。

以往夜潛，一行人如在異國搭乘小巴，人生地不熟，但不斷移動就不怕經過怎樣特殊的區；可如今進行的是篝火拍攝，三人只能就地等待，行動不宜超出三顆幽浮熱氣球，平白多了許多時間發揮想像。

篝火，Bonfire，在黑水中以照明吸引浮游生物靠近，進而吸引掠食者前來拜訪。除了早先放在沙地上的潛水燈，一人至少還有一隻手電筒，像拿著火把那樣豎在前方，一面偵察，一面為相機補光。剎那間，潛水員的生命好像被推回洞穴時代，更被推向彼方，融在黑裡，繞著恆星轉。我看見了粉末似的浮游，看見了細雪般的浮游，看見浮游在白光中一明一滅，充盈整個內太空。

等的是他們，也好像是祂們。

萊氏擬烏賊來了，大的小的，一閃即逝的，貪戀光芒的；既神聖又有些罪惡，是以光獻上了祭品，才喚來這半透明爍著螢橘藍綠的身軀。前一秒因浮游而感動，下一秒卻受飢餓的掠食者誘惑，一步步上升，再上升，跟著萊氏擬烏賊遊走。那一對對靈動的眼睛凝視得我好騷動，感覺被選中，並且萬般不能辜負。

電腦錶示警，海面的月亮變得好大好大，海下的燈變得好小好小，驀地意識到身體或將無法承受壓力快速變化。「要學會放棄。」腦海響起Tej的話，停下擺動的蛙鞋，降至正常深度。短短幾秒，光在暗裡倒敘，陣陣暈眩從頂灌入，一股酸熱之氣自胃奔騰喉間，我竟陌然無法辨別空間。

以蛙鞋輕點礁石，近乎跪姿地重新守候在恆星旁，試著讓水流帶走生理和心理多餘的東西。暫時把手電筒蓋掉，假裝和大家融為一體。雖然是假裝，卻好像也能被接受。沒有光並不是那麼可怕，人只是習慣活著有光。

那一夜，和美海下六十八分鐘，我們在黑水裡學著生起篝火，學著撲滅它。

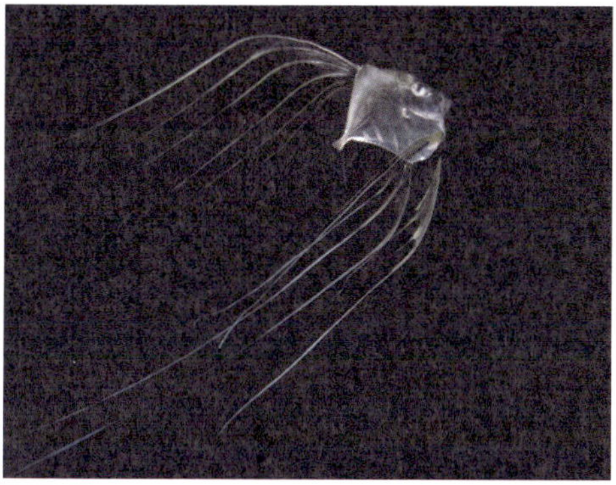

（上）2019 年 7 月 6 日，晚上 7 點 45 分，最深深度 18.8 米，潛水時間 68 分鐘，Bonfire 解鎖；圖為萊氏擬烏賊（*Sepioteuthis lessoniana*）。

（中）幼幼班的印度絲鰺（*Alectis indica*），前來一探究竟。

（下）第二次篝火時，我拍到一隻漂浮中的海蛞蝓（加百列長角海蛞蝓，*Tambja gabrielae*），咬著二級頭竊笑。

分靈

——每年媽祖生日前後，是墾丁珊瑚釋卵的高峰期，那畫面被形容為：「如燦爛星空，美到教人窒息。」

珊瑚的名字據說來自古波斯語Sanga，意指「石」，用來通稱珊瑚蟲群體及其骨骼。亞里斯多德喚他Zoophyta，意指「介於動物與植物的生物」。許多人終其一生不曉得，珊瑚既不是石，也不是植物；珊瑚是不動的動物，長出花一般的外貌，或者像樹，也真能在共生藻光合作用的幫助下，取得維生所需能量。

珊瑚棲息於海床，慢慢交上藻類的朋友。珊瑚為他提供養分，他也回饋珊瑚有機物，以及七彩的繽紛。這也是為什麼當共生藻離開珊瑚時，人們為他白化的模樣心碎。珊瑚無法隱瞞，被迫袒露脆弱，靠著獨自捕捉浮游生物過活，等待新的際遇來臨。

誰不是這樣過日子的呢？珊瑚或許曾這麼安慰自己。

但說起來，珊瑚似乎真的沒那麼寂寞。一株樹、一朵花，成千上萬隻珊瑚蟲堆疊出一個珊瑚。珊瑚是一個一個台北、東京、馬尼拉市的人口，珊瑚是好多個珊瑚，分裂生殖從一變二，二變四，構造簡單，沒有心臟，一個連著一個，大約不會寂寞吧。

對了，寂寞的定義是什麼？

我們很早就在核三廠的出水口等著，在下午的兩支氣瓶後，黃昏時分來到停車場，組裝。這個流程曾困擾著我，現在誰要接上誰，順序是什麼，空氣真的都會到該去的地方嗎？如今我已熟練，甚至覺得自己有點帥氣，把一級頭的唇貼上氣瓶的嘴，讓低壓充氣管法式舌吻充排氣閥，相機、手電筒分別掛於背帶兩側，面鏡就緒，接著便無事可做。除了做好心理準備。

夜潛確實有點可怕，書上說過，洞穴時代裡那些不怕黑的人，最後多半沒能留下基因。怕黑是一種生存本能，抗拒夜潛也是。然而，我卻被誘惑了。因為他們說，一年就這一個時刻，媽祖婆生日的前後，珊瑚產卵大爆發。我很想親眼看看，幾乎可以說是孕育了整個海洋生命的小小珊瑚蟲，究竟如何誕生。

天色完全暗了下來，數不清多少潛水員在出水口排隊，但見手電筒映照出一抹一抹的白光，自陸地導向岸、導向海，如通往寺廟的街巷，掛著一盞盞燈籠，在終點略為平坦的礁岩，形成廟埕；寺在海下，神明也是。

人很多，但沒有喧囂，秩序良好，前後相互照應。行進間，金屬裝備輕輕碰撞，叮噹叮噹得好規律，這無疑是一場儀式。我們噤聲，我們腳踩舞步，我們肺裡最珍貴的空氣即是鮮花素果，在一支氣瓶香的時間裡，進行海夜的祭祀。

原本好鬥的蝴蝶魚夫婦，最近對侵門踏戶的傢伙忍讓許多。他們知道珊瑚病了，正逐漸失去庇護他們的能力。為避免消耗能量，這對夫婦減少啄食，也減少對他者的攻擊。

在這對夫婦之前，珊瑚有過其他夥伴，圓雀鯛。他幾次趕跑不懷好意的棘冠海星，又為珊瑚清除身上的泥粒，並不時擺動魚鰭，增進水的流動，讓共生藻和珊瑚度過一段很甜美的時光。

珊瑚會不會記得每一隻圓雀鯛的出現？記得原本在水層覓食的他們，如何來到自己身邊？那時候他們正值年少，想著要有自己的家，在茫茫大海裡，細細傾聽聲音——喔，不，不是那種抽象的、雞湯式的初心之音，是真真實實，水流過沙地、礁石，流過海草、海藻，流過枝狀珊瑚、團塊珊瑚……的聲音。

他們來到珊瑚面前，目不轉睛；就是這裡了，他們篤定。從此，不分晝夜，圓雀鯛棲息於珊瑚的枝條間，對著追來的笛鯛與石斑扮鬼臉。

一幕幕感覺像是昨天發生的事，卻已經過了很久很久。忘記是誰先離開，但珊瑚被留了下來。

珊瑚是好多個好多個的珊瑚，但沒有一個珊瑚有選擇。

不需要游動，人們推著我往前。聽不見水流的聲音，周圍好像都是呼吸，都是蛙鞋，都是匆忙的眼睛。

一年又一年，原來珊瑚的每一年是這樣過的。坐在海床上，看著一張張被面鏡遮掩的臉孔，在弄清楚來者是誰之前，先感受那人的心跳、體溫。有點不幸的時候，更會感受到他生澀掙扎的蛙腳；儘管說好了躦轎時不能起身或觸碰鑾轎。

海下的寺廟沒有人說話，但和陸地的慶典一樣充滿動感，光束搖擺的手電筒，好像鞭炮劈里啪啦。潛水員形成風暴，珊瑚顯得又小又少，盯了好久好久，沒有一顆流星滑過。香在燒，氣泡為煙，我貼著壁，炯炯地守住遠方一株珊瑚祈禱。求什麼？求這夜不是一場空，求祂輕輕吐一口氣，一口充滿生命的氣。眾人環繞下，星子自下而上誕生，隨波浮動。從光裡來，往黑裡去，在暗中生成一株株花樹。

我的願望被應許，這座島嶼今年仍有女神的眷顧。有了珊瑚卵，有了珊瑚蟲，便就有了珊瑚礁與魚群，有了依此而生的人們。那捕魚的，那潛水的，那以咕咾石蓋房子的，那以此為研究製作藥物的，那對世界充滿溫柔好奇的。

也許，珊瑚是分靈，大媽尊貴鎮殿、二媽出巡食便、三媽救苦出戰……珊瑚便就負責了海洋，從釋卵那一刻起，渡著一世又一世。

國家圖書館出版品預行編目資料

潛水時不要講話 / 栗光著. -- 二版. -- 臺北市 : 麥田出版, 城邦文化事業股份有限公司出版 : 英屬蓋曼群島商家庭傳媒股份有限公司城邦分公司發行, 2025.08
面； 公分. -- (Essay時代 ; 7)

ISBN 978-626-310-931-5（平裝）

863.55 114008304

Essay時代 7

潛水時不要講話（新版）

作　　者　栗　光
責任編輯　陳淑怡（初版）　陳佩吟（二版）

版　　權　吳玲緯　楊　靜
行　　銷　闕志勳　吳宇軒　余一霞
業　　務　李再星　李振東　陳美燕
副總編輯　林秀梅
總 經 理　巫維珍
編輯總監　劉麗真
事業群總經理　謝至平
發 行 人　何飛鵬
出　　版　麥田出版
城邦文化事業股份有限公司
台北市南港區昆陽街16號4樓
電話：886-2-25007696　傳真：886-2-2500-1951
發　　行　英屬蓋曼群島商家庭傳媒股份有限公司城邦分公司
台北市南港區昆陽街16號8樓
客服專線：02-25007718；25007719
24小時傳真專線：02-25001990；25001991
服務時間：週一至週五上午09:30-12:00；下午13:30-17:00
劃撥帳號：19863813　戶名：書虫股份有限公司
讀者服務信箱：service@readingclub.com.tw
城邦網址：http://www.cite.com.tw
麥田部落格：http://ryefield.pixnet.net/blog
麥田出版Facebook：https://www.facebook.com/RyeField.Cite/

香港發行所　城邦（香港）出版集團有限公司
香港九龍九龍城土瓜灣道86號順聯工業大廈6樓A室
電話：852-25086231　傳真：852-25789337
電子信箱：hkcite@biznetvigator.com

馬新發行所　城邦（馬新）出版集團
Cite（M）Sdn. Bhd.（458372U）
41, Jalan Radin Anum, Bandar Baru Seri Petaling,
57000 Kuala Lumpur, Malaysia.
電話：+6(03)-90563833　傳真：+6(03)-90576622
電子信箱：services@cite.my

封面設計　謝佳穎
電腦排版　宸遠彩藝工作室
印　　刷　前進彩藝有限公司

初版一刷　2020年04月30日
二版一刷　2025年07月24日

定價／460元
ISBN：978-626-310-931-5（紙本）、9786263109292（EPUB）